Hella S. Haasse

De Meester van de Neerdaling

Rainbow Pockets

Rainbow Pockets® worden uitgegeven door Muntinga Pockets,
onderdeel van Uitgeverij Maarten Muntinga bv, Amsterdam

www.rainbow.nl

Een uitgave in samenwerking met Em. Querido's Uitgeverij bv, Amsterdam

www.querido.nl

www.hellahaasse.nl

© 1973 Hella S. Haasse
Omslagontwerp: Studio Jan de Boer
Foto omslag: Imageselect
Druk: Bercker, Kevelaer
Uitgave in Rainbow Pockets februari 2008
Alle rechten voorbehouden

ISBN 978 90 417 0718 5   NUR 301

INHOUD

De duvel en zijn moer
7

De kooi
79

De duvel en zijn moer

'*Satan héét maar niet de overste dezer wereld, hij ís het inderdaad. Hij regeert deze wereld.*
 Men zal een vijand niet overwinnen als men tracht voorbij te zien hoe gevaarlijk hij is.'

Dagboekblad van een onbekende vrouw,
gevonden tussen oud papier

Al maanden geleden hebben ze me pen en papier gegeven. 'Ze': ik ken die mensen eigenlijk niet. Ze noemen zich psychiaters, dokters, verplegend personeel. Ze zijn heel vriendelijk tegen mij, ze doen hun uiterste best. Maar wat mij betreft zouden ze bewoners van een andere planeet kunnen zijn. Dat ze mij voor krankzinnig verslijten deert me niet meer. Ik heb het hier goed. 'A room of one's own' – dat is overal een luxe, ook binnen deze muren. Meestal word ik met rust gelaten. Ik voel niets voor werkjes of spelletjes in een groep. Ik houd wel van het park, van de hoge oude bomen, vooral van de rij populieren langs de vaart, die ons hier het zicht benemen op de buitenwereld én ons onzichtbaar maken voor de 'gewone' mensen. Ze zijn zo voorwereldlijk groot en bladerrijk, ze ruisen zo machtig in de wind. Ze doen me denken aan de drie populieren achter de schutting van onze tuin, vroeger. Nu, in de herfst, treft me weer de ingewikkelde pracht van de boomskeletten, die verstrengeling van takken en twijgen. Het afgewaaide loof ligt tussen de stammen tot compost te vergaan, een dikke, verende massa. Niemand loopt daar, behalve ik. De anderen blijven op de paden.

Ze zouden willen dat ik opschreef wat ik me herinneren kan. Erover praten doe ik niet, dat is nu wel bekend. Heeft het zin alles op papier te zetten? Er verandert niets. Zíj zullen het lezen en bevestigd zien wat ze allang menen te weten. Als document van mijn waan zal het geschrift in een dossier worden opgeborgen. Bij voorbaat moet ik aanvaarden dat mijn overtuiging niet geldt voor anderen. Er is een tijd geweest dat ik hoopte gehoord te worden. Nu kan dat me niet meer schelen. Als ik desondanks toch die vellen papier gebruik die in de la van mijn tafel liggen, handel ik uit een soort van zelfbehoud. Ik doe alsof er communicatie mogelijk is.

Laat ik alles opschrijven zoals ik het zou vertellen als er iemand bestond die werkelijk naar me luisteren wilde. Ach ja, laat ik er een verhaal van maken.

De bomen in het park zijn geheimzinnige antennes van een stil, traag leven, dat er al oneindig lang was voor ik bestond, en dat nog een eeuwigheid zal voortduren nadat ze mij begraven hebben. Ik wil geloven dat niets verloren gaat, dat er een zin is. Diep onder de oppervlakte van het alledaagse zijn lagen waarin mijn leven een functie heeft. Wat ik heb gezien en ervaren hoort daar thuis. De taal van de bomen kan ik niet leren. Maar wie weet welke trillingen de arbeid van formuleren wekt, hoe moeizaam de woorden ook in mij opwellen.

Ik ben opgegroeid in een grijze provinciestad. De naam wil ik niet noemen. Mijn vader was daar hoofdonderwijzer. Hij erkende alleen onze dominee van de gereformeerde kerk als een hogere autoriteit. Hij had kort, stug, borstelig haar en een langwerpig gezicht met een zware onderkaak. Op school noemden ze hem Peerd. Ik leek op hem; ik ga steeds meer op hem lijken. Hij was tegen mij strenger dan tegen de anderen. Ik moest harder werken voor een cijfer en lof kreeg ik nooit, niet op school, niet thuis. Mijn moeder keek altijd alsof ze mij beklaagde. Zij zag van mij meer door de vingers bij huishoudelijke taken dan van mijn jongere zuster. 'Ga jij maar leren,' zei ze dan. Ik had een heldere zangstem, maar van zingen voor genoegen was nooit sprake, alleen ter ere Gods in de kerk, of op zondagavond thuis bij het harmonium. 'Spel en sier zijn duivelsplezier,' zei mijn vader. Ik wist wel dat ik niet aantrekkelijk was, een hoofd groter dan alle andere meisjes, met stakerige benen en haren die te rossig waren om blond te heten, te flets voor rood. De jongens op school hinnikten achter mijn rug, en zeiden 'kavalje!' en 'hup, knol!', zachtjes, uit angst dat ik het aan mijn vader zou vertellen. Maar ik hoorde het toch.

Mijn broer Andries was de jongste thuis. Toen hij nog een kind was, had ik al een betrekking als onderwijzeres in een dorp, ver genoeg bij ons vandaan om er ook te moeten wonen. Al ging ik regelmatig naar huis, ik had me innerlijk losgemaakt. Dat te beseffen gaf me zelfvertrouwen. Het strenge geloof van mijn ouders had ik als het ware uitgetrokken, met de donkere jurken-met-wit-kraagje en de zwarte kousen, symbool van mijn meisjestijd. Ik wilde er niet meer over horen, er niet meer aan denken. God was een woord geworden als alle woorden. Houvast vond ik in mijn werk tussen de kinderen en in mijn liefhebberij: kunstgeschiedenis. Voor het eerst begreep ik wat schoonheid is waaraan iedereen deel kan hebben, zelfs de lelijkste mens. Ik was ervan overtuigd dat er geen hogere macht bestond dan zedelijk besef. Na enkele vergeefse pogingen mij te bekeren, schenen mijn ouders zich neer te leggen bij wat zij mijn afvalligheid noemden. Ik denk dat zij die als iets tijdelijks beschouwden. In andere opzichten voldeed ik immers aan hun verwachtingen. Omgekeerd aanvaardden zij de ongedurigheid en slordigheid van mijn zuster, omdat zij trouw naar kerk en catechisatie ging. Met haar heb ik nooit goed kunnen opschieten. Zij sloot zich altijd aan bij degenen die mij uitlachten.

Mijn broer Andries leek op mijn moeder, zoals die eruitgezien moet hebben in haar jeugd, met een fijnbesneden fris gezicht en krullend haar. Na zijn zeventiende jaar scheen hij lichamelijk noch geestelijk rijper te worden, hij bleef een puber, tenger en lenig en beweeglijk, met een hoge stem. Dat hij geen studiehoofd had was duidelijk toen hij, na de eerste klas van de mulo gedoubleerd te hebben, ook in de tweede bleef zitten. Voor mijn vader was dit een harde slag. De toekomstplannen waarmee Andries voor den dag kwam, overrompelden ons allemaal. Hij wilde edelsmid worden. Toevallig was ik een paar dagen met vakantie thuis. Het schemerde in onze op het noorden gelegen huiskamer, terwijl buiten de zon nog scheen op de toppen van de populieren in de achtertuin. Dat beeld van de familiekring is me bijgebleven: mijn moeder, verstard in het gebaar van theeschenken; mijn vader, met open mond starend boven zijn krant; mijn zusters, half omgedraaid op de kruk bij het harmonium, in gretige afwachting van ruzie. In het halfdonker leek Andries' gezicht nog kinderlijker dan gewoonlijk, zijn ogen blonken, een krul hing over zijn voorhoofd, de adamsappel bewoog in zijn lange, tere hals.

'Hoe kom je daarbij? Wat heeft dat te betekenen?' vroeg mijn vader tenslotte. Ditmaal probeerde Andries het tevergeefs met de mimiek die ons vaak vertederd had toen hij nog een kleine jongen was: een pruilende glimlach, een brutale maar tegelijkertijd onschuldige oogopslag. Mijn vader vroeg ontstemd verder, terwijl hij met zijn brillenhuis tegen de uitgevouwen krant tikte. Andries' antwoorden waren eerst vaag en ontwijkend, later deed hij een poging zijn wens te motiveren. Ik vroeg mij af waar hij die woordkeus vandaan had, al die uitspraken over creativiteit en bewustwording. Mijn vader stelde Andries' gebrek aan werkelijk inzicht en overtuiging onbarmhartig aan de kaak, maakte zich kwaad. Het gesprek eindigde ermee dat Andries naar buiten vluchtte en mijn vader driftig hoestend in het zijkamertje verdween.

In de dagen die volgden probeerde ik telkens weer Andries onder vier ogen tot uitvoeriger mededelingen te brengen, maar hij ging er niet op in. Hij was weinig thuis. Op straat kwam ik zijn klasgenoten tegen, die in groepjes rondzwierven tussen het plantsoen en de singels, maar hem zag ik er nooit bij. Ik begon mij af te vragen waarheen hij zo spoorloos verdween wanneer hij, achteloos steentjes wegschoppend, neuriend met zijn hoge stem, wegglipte door de deur in de schutting. Eens liet ik mij tegenover mijn zuster iets ontvallen over mijn bezorgdheid. 'O, Andries?' zei zij. 'Ik heb hem gisteren bij het fort gezien, met een man.'

'Wat voor een man?'

'O, gewoon.' Zij keek mij even aan, triomfantelijk lachend, omdat zij iets wist dat mij ontgaan was. 'Zij liepen te praten. Daar zal Andries zijn nieuwe ideeën wel vandaan hebben. Misschien is het een edelsmid. Edelsmid!' Zij barstte uit in spottend geproest.

Later wandelde ik wat in het oude stadsgedeelte, bij de gotische kerk. Ik heb altijd veel gehouden van die stille stegen met hun blauwgrijze klinkers en scheefgezakte huizen. Tegen de kerk aan gebouwd was een winkeltje waar roomse religieuze kunst werd verkocht. Ik bleef staan om naar de luchtboog te kijken; vanaf die plek onder de toren zijn de zeldzame, schrijlings gezeten figuurtjes (kinderen, engelen, dacht ik vroeger, nu weet ik beter) het duidelijkst te zien. Toen rinkelde de deur van het winkeltje. Er kwam een jongen naar buiten. 'Andries!' riep ik van de overkant van het pleintje. Hij hoorde niets, of deed alsof, en liep weg – eerst langzaam, schijnbaar nonchalant, maar algauw in sneller tempo, haast vluchtend. Toen ik hem niet meer kon zien, stak ik over en tuurde door de winkelruit. Achter de in rijen opgestelde bont beschilderde beelden was het donker. Na een korte aarzeling ging ik naar binnen. Een zoetige geur kwam me tegemoet. Op paars fluweel lagen rozenkransen en crucifixen uitgestald. De smalle, lage ruimte was propvol met gekleurde en vergulde prenten, beelden in karmozijnen en hemelsblauwe gewaden, misboeken, nog lichtloze eeuwige lampen, wasbloemen. Uit een hoek gleed een vrouw te voorschijn. Zij hield haar handen voor haar borst samengevouwen, haar gebogen hoofd wat schuin. Ik zag dat zij een roodachtig verschoten donkerbruine pruik droeg. Wat moest ik zeggen? Natuurlijk was Andries afgekomen op al die kleur en glinstering. In een vitrine stonden enkele werkelijk mooi geciseleerde misbekers. Hier hing om goud en zilver en edelgesteente een betoverender waas dan bij de bescheiden juwelier in de hoofdstraat. Ik mompelde een verontschuldiging.

Buiten had ik het gevoel dat ik bespied werd. Ik keek om naar het huisje tegen de kerk. Ik dacht dat ik even een gezicht weerspiegeld zag in het spionnetje aan een raam op de eerste verdieping. Maar het grofkanten gordijn bewoog niet.

Ik repte thuis met geen woord over dit voorval. Ik wilde Andries niet in de omstandigheid brengen dat hij zijn bezoek aan het roomse winkeltje zou moeten verantwoorden.

Op een winteravond werd ik door een buurman gehaald, omdat mijn vader mij aan de telefoon liet roepen. Na de vakantie had ik mijn ouders niet meer opgezocht. 'Is Andries bij jou?' vroeg mijn vader zonder inleiding op heftige toon. Mijn broer was sinds drie dagen verdwenen. Nu ook ik nergens van bleek te weten, waren ze thuis bang voor een ongeluk. Ik raadde hem aan onmiddellijk de politie te waarschuwen. Nasporingen leverden echter niets op. Pers en radio maakten melding van het geval. Er kwam geen enkele reactie. Andries leek verzwolgen, weggezogen door een geheimzinnige kracht. Verhalen spookten me door het hoofd over mensen die ook zo spoorloos verdwenen waren, alsof er afgronden gaapten in onze gewone tijd-ruimte-werkelijkheid. Ik nam tenslotte een paar dagen vrij en ging naar mijn ouderlijk huis. Mijn vader was zwijgzamer dan ooit, mijn moeder zat, geheel tegen haar gewoonte in, vaak roerloos op een stoel voor zich uit te staren, met haar zakdoek tegen haar lippen gedrukt. Mijn zuster gaf zich kennelijk moeite er bezorgd uit te zien, maar zodra de bel ging veerde zij op en begon er een blos van opwinding op haar wangen te branden. Op een ochtend lag er plotseling een ansicht uit Zuid-Frankrijk bij de post. Daarop stond, in Andries' kinderlijke, wat klodderige schrift, dat hij zijn ware bestemming gevonden had en gezond en tevreden was; het had geen zin te proberen hem terug te halen. De spanning was gebroken. Wij wisten zo gauw niet hoe te reageren op dat levensteken. De kaart lag tussen ons op tafel, een glimmende prent van een karmozijnen zonsondergang boven een blauwe zee.

Mijn vader ging naar Antibes. Drie dagen later kwam hij alleen terug. Ik haalde hem van de trein. Zijn gezicht was grauw. Hij liep langzaam, stroef als om een defect mechaniek zoveel mogelijk te sparen. Hij keek mij niet aan. Tevergeefs trachtte ik hem mededelingen te ontlokken. Hij hield zijn lippen opeengeperst en schudde zijn hoofd. Vlak voor wij thuis waren zei hij: 'Geen woord, hoor je. Nooit. Als een oog u hindert, ruk het u uit. Dat is gebeurd.'

Ik zag zijn handen beven. 'Pa, het gaat om Andries.'

'Die naam wordt in mijn huis niet meer genoemd.'

Ik weet niet, zal nooit weten, hoe hij mijn moeder heeft bewogen afstand te doen van haar zoon, haar jongste. Zij was vanaf die dag een gedweeë oude vrouw. Al toen ik afscheid nam (langer kon ik op school niet gemist worden), liep mijn zuster nerveus en gewichtig rond met de sleutels en de huishoudportemonnee.

Er gingen een paar jaren voorbij. In die tijd kreeg ik wel eens ansichten van Andries. Er stond niets op, behalve zijn naam. Uit de afbeeldingen en de postzegels maakte ik op dat hij nu eens in Zuid-Frankrijk domicilie had, dan weer in Italië rondzwierf.

Op een dag zag ik in de krant een foto van een variétégezelschap, dat voorstellingen gaf in de hoofdstad. In een van de artiesten herkende ik onmiddellijk mijn broer. Hij zat op een koffer, blootshoofds, in een lichte regenjas met uitheems opgezette kraag. Die zondag ging ik naar Amsterdam. Ik nam een kaartje voor de matinee. Na dansparen, acrobaten en accordeonspelers kwam er een slanke roodharige vrouw op het podium. Zij droeg een zedige zwarte jurk met een wit kraagje en lange mouwen. Maar die jurk was van pailletten, als natte visschubben, en het kraagje schitterde van zilver en similisteentjes. Toen zij zich omdraaide zag ik haar tot het middel naakte rug. Zij had een mandoline bij zich. Het zweet brak me uit. Het wezen daar achter het voetlicht boog even naar links en rechts, onverschillig-sierlijk, en keek met grote glanzende ogen de zaal in. Toen klonk het inleidende snarenspel. Het halflange vurige haar viel naar voren, beschaduwde het gezicht. Een heldere jongensstem zong een lied dat ik als kind in de kerk had geleerd. Maar de woorden waren Frans en het ritme leek op dansmuziek. Ik stond op en schoof met afgewend gezicht langs de toeschouwers in mijn rij. De portier, aan wie ik de weg naar de kleedkamers vroeg, glimlachte verstolen. Hij wenkte een piccolo, een zelfverzekerd kind in een betreste uniform, dat me voorging door de hal. We kwamen bij een trap omlaag. Er hing daar een zware, warme lucht van kappersartikelen, zweet en met chloor gereinigde toiletten. De piccolo wilde voor me uit de ijzeren treden af rennen, maar ik hield hem tegen. Ik schreef mijn boodschap op een visitekaartje en gaf het jongetje met de wereldwijze ogen een fooi. 'Voor wie?' vroeg hij. Op Andries' naam reageerde hij met schouderschokken. Nu moest ik de woorden uit het programma wel uitspreken. Mademoiselle Venetia. Bel Canto.

Op een caféterras wachtte ik tot Andries komen zou. Het was laat in de middag, windstil, drukkend heet. Onweerswolken dreven samen boven de stad. Ik dronk thee en staarde naar het verkeer op het plein.

Plotseling stak Andries de straat over. Hij was zo weinig veranderd dat het me een schok gaf. Toen hij dichterbij kwam, zag ik de sporen van zwarte schmink rondom zijn ogen. Hij droeg een bontgekleurde zijden doek los om zijn hals geknoopt. Hij begroette mij vrolijk en nonchalant, alsof ik een kennis was die hij pas een paar dagen geleden voor het laatst had ontmoet. Ik had me voorgesteld dat ik dadelijk de toon zou weten te treffen van de veel oudere zuster jegens een ondeugende jongen: hartelijk, maar kordaat. Ik had willen praten over onze ouders, over hun heimelijke, verbeten verdriet. Maar de verstandige woorden bleven me in de keel steken. Andries zat op dat terras zoals iemand voor een spiegel zit. Zijn ogen zwierven voortdurend langs en over mij heen naar anderen. Hoewel zijn houding los en ongedwongen was en zijn gebaren een bedrieglijk natuurlijke indruk maakten, was ik mij scherp bewust van zijn wens om op te vallen, bekeken te worden. In zijn blik zag ik mijzelf weerspiegeld: een grote, plompe vrouw van middelbare leeftijd, in provinciale kleren, en waar het hem betrof met te weinig adoratie. Ook leek het mij dat hij zich onrustig voelde. Zijn voortdurend ronddwalende blik zocht iets of iemand. Hij draaide zich een paar maal om in zijn stoel. Tenslotte begon hij met één hand op het tafeltje te tokkelen, terwijl hij verstrooid op de nagels van de andere hand beet. 'Andries...' begon ik aarzelend. Hij keek mij aan met een vage glimlach. 'Zit je in moeilijkheden? Waarom ben je bij dat gezelschap? Dat is toch niets voor jou? Je wilde vroeger edelsmid worden.'

'Edelsmid?' vroeg Andries, als hoorde hij het woord voor het eerst in zijn leven.

'Je weet niet hoe ze er thuis onder lijden.'

'Heb je de voorstelling gezien?' Andries leefde op. 'Hoe vond je mijn nummer? Mijn kostuum?' Hij leunde over de tafel heen en praatte haastig, opgewonden, op de manier die mijn vader vroeger zo ergeren kon. 'Mijn pruik is Venetiaans rood, echt haar, beeldschoon, hè? En het chanson dat ik zing...'

Ik viel hem in de rede: 'Andries, je bent toch geen komediant...'

Hij klakte met zijn tong, spreidde zijn handen. 'Komediant, komediant. Het is travestie! Je wilt toch niet zeggen, dat je nooit...'

Weer onderbrak ik hem: 'Ik heb maar een klein gedeelte gezien. Alleen het begin.'

Hij trok zijn schouders op, maakte een gebaar van: nou ja, waar hebben wij het dan eigenlijk over. Ik zocht naar woorden, maar voor ik iets kon zeggen, sprong hij op en rende naar een bloemenkar op de hoek van het trottoir. Hij nam een bos paarse lathyrus op en rook eraan met gesloten ogen. Ik was getroffen omdat hij bloemen voor mij wilde kopen. Maar hij riep mij vanuit de verte een groet toe, wuivend met vier beweeglijke vingers. Ik kreeg geen kans meer om te reageren. Terwijl ik met de ober afrekende, brak de bui los.

Ik verkeerde in tweestrijd of ik mijn ouders moest inlichten. Twee-, driemaal begon ik aan een brief, die ik later weer verscheurde. Maar op een dag verscheen mijn broer plotseling bij mij in het dorp. Uit school thuiskomend vond ik hem op het muurtje bij mijn voordeur zitten. 'Dag zus, ik mag zeker wel een nacht bij je slapen,' riep hij vrolijk, zodra hij mij zag. Nooit had ik een zo onderhoudende en hulpvaardige gast gehad. Hij dekte de tafel, waste af, zette koffie. Intussen praatte hij zonder ophouden. Hij kende zoveel verhalen, had zoveel gezien en meegemaakt. Hij was geweest in alle steden die ik zo graag eens zou bezoeken: Rome, Florence, Venetië. Een paar zwakke pogingen van mijn kant om het gesprek te brengen op zijn tegenwoordige werkkring en levensomstandigheden, wist hij zwierig af te wimpelen of om te buigen. Pas toen hij opstond om naar bed te gaan (de behoefte aan slaap overviel hem blijkbaar even abrupt als andere stemmingen) schudde ik de betovering van mij af.

'Waarom ben je van huis weggelopen?'

Andries bleef roerloos in de deuropening staan. Vanachter gezien leek zijn nek opeens heel smal boven de kraag van zijn Schillerhemd. Het bleef zo lang stil, dat ik mij schuldig begon te voelen. Hij sloot de deur en draaide zich om: 'Ik zit in moeilijkheden,' zei hij met neergeslagen ogen. 'Kan jij mij misschien driehonderd gulden lenen?'

Het drong tot me door dat Andries mij uitsluitend met dit doel had opgezocht. Zijn charme, zijn grappen en anekdotes hadden het pad moeten effenen.

'Driehonderd gulden?' vroeg ik, om tijd te winnen.

'Ja, driehonderd,' herhaalde Andries, met zijn beproefde onschuldig-brutale porseleinblauwe blik.

'Waarom heb je die nodig?' hield ik aan, blij dat ik nu een reden had om eens ernstig met hem te praten. 'Heb je schulden?'

'Ach...' Andries haalde zijn schouders op en slenterde naar de divan. Hij draaide op zijn tenen rond en liet zich daarna achterovervallen. Ik vond het een aanstellerige vertoning.

'Je weet niet wat voor miserabel leven ik leid. Ik ben zo moe als een hond. De gages bij die troep zijn niet meer dan fooien...'

'Zoek dan ook ander werk! Wat is dat voor een bestaan... een vrouw nadoen... daar kan je toch op den duur niet... Je bent toch een man, Andries!'

Mijn broer lachte zacht. 'Jawel, ik ben een man, zo kan je het noemen.'

Ik keek hem aan. Hield hij mij voor de gek? Maar nu zuchtte hij weer, over zijn gezicht vloog een uitdrukking van meelijwekkende weekheid.

Ik ging tegenover hem zitten. 'Luister, Andries. We zullen samen proberen de zaak zo goed mogelijk in orde te maken. Het spreekt vanzelf dat ik je help. Ik ben blij dat je met je moeilijkheden bij mij gekomen bent...'

Hij lag mij, met de armen onder zijn hoofd gevouwen, aandachtig aan te kijken. Hieruit trok ik de conclusie dat ik op de goede weg was.

'Vertel me nu eerst eens wat je bijvoorbeeld in het begin, in Zuid-Frankrijk, hebt uitgevoerd?'

'Niets,' zei Andries, zonder zich te verroeren. 'Tenminste niet wat jij werk noemt.'

'Waar heb je dan van geleefd?'

Er blonk een zweem van een lach in zijn ogen. 'O, van alles,' zei hij vaag. 'Helpen, 's zomers op het strand, bij de toeristen en zo. En ik heb ook wel model gestaan, voor kunstenaars. Ik heb een goed lichaam. Maar dat is ontzettend vermoeiend.' Hij gaapte. 'Mag ik nu naar bed?' vroeg hij op nederige toon. 'Je geeft me het geld, hè?'

Ik merkte hoe hij mij trachtte te ontglippen. Daarom liet ik niet los. 'Is het dus afgesproken dat je probeert zo gauw mogelijk uit dat toneelgezelschap weg te komen? In dat geval zal ik je een cheque geven. Ik heb zoveel geld niet in huis. En laten we dan eens praten over je mogelijkheden...'

'Morgenochtend...' zei Andries geeuwend. Hij kwam langzaam overeind. 'Ze hebben wel eens tegen me gezegd dat ik een goede danser zou kunnen zijn,' vervolgde hij, terwijl hij, op één been staande, zich behaagziek uitrekte. Hij keek even naar mij en voegde er toen snel aan toe: 'Maar je hoeft je niet ongerust te maken, ik zou dat nooit willen, want het is nog vermoeiender dan model staan. Als jij mij helpt, krijg ik wel een baan ergens... Ik leer wel wat. Toe, schrijf je nu die cheque?'

Ik had het kunnen uitstellen tot de volgende dag. Maar Andries keek zo smekend. Ik meende ook een zweem van angst in zijn ogen te lezen. Hij had natuurlijk domme dingen uitgehaald. Dat moest in orde gemaakt worden. Ik wilde hem niet naar bed laten gaan zonder een gevoel van zekerheid. In die tijd was driehonderd gulden een groot bedrag. Ik was aan het sparen voor een reis naar Italië. Ik droomde van Venetië, antipode van het grijze, kille waterland waar ik altijd geleefd had. Het betekende veel meer voor mij dan een tocht naar natuurschoon en kunstwerken. Misschien hoopte ik heimelijk op verandering, bevrijding.

Ik wist dat ik het geld nooit terug zou krijgen. Maar ik wilde Andries geruststellen. Ik schreef dus de cheque. Andries stond naast mijn bureau en betastte met één vinger een olifantje van bewerkt koper, dat ik als presse-papier gebruikte.

'Hoe zit dat nu met die plannen van vroeger, om edelsmid te worden? Denk je daar helemaal nooit meer aan?' Andries schoof het olifantje weg.

'Het is vreselijk priegelwerk. Je moet er scherpe ogen voor hebben, en een geduld! Ik zou het niet uithouden. Pardon.'

Hij nam de cheque voor mij langs weg en blies op mijn handtekening. 'Dank je wel, zus. Morgen praten we, hè, over werk en zo.'

'Welterusten,' zei ik, zonder omkijken. Ik had geen spijt, ik vond dat ik die jongen (uit hetzelfde nest als ik en waarschijnlijk behept met een even groot verlangen naar zelfstandigheid en innerlijke vrijheid, maar weerlozer, labieler) helpen moest. De kunststeden konden wachten. Nu zal ik ze wel nooit meer zien.

Andries ging de kamer uit, maar stak even later zijn hoofd

weer om de hoek van de deur. 'Zus?'

Ik draaide me naar hem toe, in een opwelling hem als vroeger een kus te geven. Ik moest ineens denken aan de kleine jongen die, neuriënd en tegen zichzelf pratend met zijn hoge stemmetje, een kruiwagen heen en weer duwde over het pad in de achtertuin. Toen had ik hem vaak met een zwaai opgetild om hem te horen schateren. De ogen waarmee Andries mij aanstaarde waren nog even glanzend blankblauw als destijds.

'Denk je dat ze thuis voorgoed kwaad op me zijn?'

'Het komt wel weer in orde, het moet in orde komen,' zei ik haastig, ook om mezelf te overtuigen. 'Moeder is erg stil. En je kent vader. Hij maakt zich misschien het meest kwaad op zichzelf. Hij begrijpt het allemaal niet.'

Andries' mondhoeken trilden, alsof hij op het punt stond in lachen uit te barsten. 'Nee, hij begrijpt er niets van. Dat weet ik.'

'Ik begrijp het overigens óók niet,' zei ik. De flits van spot in zijn blik veranderde onmiddellijk weer in een blauwe kinderglimlach.

'Nee, echt?' vroeg hij, blijkbaar diep verwonderd. Het verwarde me, ik aarzelde in mijn beweging naar hem toe. Hij wuifde luchtig met vier vingers, zoals ik hem bij de bloemenkar had zien doen, en was verdwenen voor ik iets zeggen kon.

De volgende morgen stond ik vroeger op dan anders. Ik wilde niet naar school gaan zonder ten minste een inleidend gesprek met Andries gevoerd te hebben. 'Wakker worden!' riep ik opgewekt, terwijl ik zijn ontbijt op een blad naar boven droeg. De deur van het logeerkamertje was open. Losgewoelde lakens en een deken lagen op een hoop in het bed. Van Andries geen spoor. Ik begreep dat hij er voor dag en dauw vandoor gegaan moest zijn. Die kwajongensstreek maakte me woedend. Ik belde 's avonds het theater in de stad op en kreeg te horen dat Andries al voor de tweede maal niet was verschenen voor de voorstelling. Niemand wist waar hij uithing.

De oorlog, de bezettingstijd. Het waren jaren waarnaar ik later soms heb terugverlangd. Nu durf ik dat wel te zeggen. Mij overkwam wat me nooit eerder gebeurd was. Mensen bleken me werkelijk nodig te hebben. Mijn bestaan kreeg een nieuwe zin.

Eens, in het vroege voorjaar van 1944, ging ik naar Amsterdam om voor een onderduiker identiteitspapieren te halen. Na gedane zaken liep ik terug naar het station. Een lange wandeling, maar ik had het gauw benauwd in de overvolle trams. In de motregen leken de grachten smoezelige aquarellen, grijs op grijs. Ik dacht aan het verre, onbekende Venetië. (Zelfs als het regent moet daar kleur zijn, rossige, goudachtige steen en de weerspiegeling ervan in zeegroen water, de tinten van Guardi en Canaletto.) Uit een winkeltje op de hoek van een steeg kwam een jonge man naar buiten. Hij droeg een te zware, te wijde overjas, waar zijn hoofd en handen bleek en smal uitstaken. Hij leek een verkleed kind. Met een schok herkende ik Andries. Hij zag mij ook dadelijk. Hij knipperde even met zijn ogen, maar bleef mij aankijken. Als hij dat gewild had, zou het hem geen enkele moeite gekost hebben te ontsnappen door de steeg, maar hij verroerde zich niet. Iets in zijn houding gaf me de indruk dat hij om hulp smeekte. 'Andries!' riep ik, terwijl ik met uitgestoken handen op hem toeliep. Maar hij begroette mij, ook deze keer, alsof er intussen niets was gebeurd en wij elkaar de vorige dag nog hadden ontmoet. Dat bracht me van mijn stuk, ik wist niet meer wat ik zeggen moest. Zo stonden we daar tegenover elkaar op die winderige hoek.

'Het is hier koud, ga even mee naar huis,' zei Andries, wijzend naar de overkant van de gracht. We liepen over de brug.

'Woon je dáár?' vroeg ik, met een blik naar de zeventiende-eeuwse gevel, de ramen met ruitjes van zeldzaam paars glas. Hij haalde een lipssleutel uit zijn zak en ging me met duidelijk gespeelde nonchalance voor, de hoge stoep op. Ik begreep wel dat hij ervan genoot indruk op mij te kunnen maken. Toen ik over de drempel stapte, was ik werkelijk sprakeloos van verrassing. Ik kwam in een klein museum. Er hing ook net zo'n geur, van oude dingen, vermengd met nog een andere, zoetige lucht, die me bekend voorkwam, maar die ik toch geen naam kon geven. Ik ademde diep, om te ontdekken waarom een onaangenaam gevoel me bekroop in verband met die geur. Andries liet me geen tijd en troonde me mee naar de woonkamer, die met vier ramen uitzag op de gracht. Het was er warm, te warm. Ondanks de schaarste aan kolen stond de kachel roodgloeiend. Bovendien brandde er een houtblokkenvuur onder de schouw. Ook hier, net als in de gang, mooie antieke meubelstukken, schilderijen, oud koper en tin. In een kast, achter glas, zag ik de ruggen van kostbare folianten. Onder een rij vergulde iconen blonk het vlammetje van een eeuwige lamp. Toen herkende ik ook die geur: wierook. Andries begon dadelijk met veel vertoon van bedrijvigheid gastheer te spelen. Hij zette thee en stalde wittebrood, boter en jam voor mij uit, in die tijd een vrijwel onbetaalbare luxe. Ondertussen praatte hij onafgebroken over van alles en nog wat. Ik liet zijn woordenstroom over me heen gaan en keek naar hem. In zijn wijde trui van schapenwol zag hij er niet ouder uit dan veertien jaar. Hij had altijd een blanke, haast doorschijnende huid gehad, nu was zijn gezicht goorbleek, wasachtig. Zijn blauwe ogen schitterden schril. Ik vond hem onnatuurlijk nerveus en gespannen. Toen hij zijn theeglas opnam om te drinken, zag ik hoe zijn hand beefde.

'Andries,' begon ik, 'wat doe je hier? Is dit jouw huis?'

Hij ontweek mijn blik. 'Jawel, ik woon hier.' Hij liet er onmiddellijk op volgen: 'Die driehonderd gulden zal ik je terugbetalen.'

'Dat heeft geen haast. Wat ik wél erg vind, is dat je toen zo stiekem bent verdwenen. Waar heb je al die tijd gezeten?'

'O, overal. Maar ik ben nu alweer zowat een jaar in de stad.'

'Hoe kom je aan al deze dingen?' vroeg ik, in steeds grotere verwarring. Hoe meer ik om me heen keek, des te duidelijker werd het me dat daar voor een kapitaal stond uitgestald. Andries maakte een gebaar in het rond. 'Dit hoort van de zaak. Ik handel in antiek, weet je.'

'Is het dan een wínkel?' Ik wees naar persoonlijke gebruiksvoorwerpen, een kamerjas, een paar pantoffels, een medicijndoosje, een bril op een opengeslagen boek.

'Het is een gesloten zaak,' zei Andries, op gewichtig-meewarige toon. 'Wij kopen in, of ruilen, voor verzamelaars.'

'Wij?' (De andere vraag: wie denkt er nú aan verzamelen, slikte ik in.)

'Ja, wij. Mijn compagnon en ik. Dacht je dat ik al dat werk alleen kan doen? Het is ongelooflijk vermoeiend, steeds dat reizen en trekken door het hele land om stukken uit privébezit te gaan bekijken of om veilingen af te lopen. Maar je maakt wel wat mee.' Hij keek vanuit zijn ooghoeken naar mij. Ik zei niets. Hij moet mijn zwijgen voor geïmponeerde aandacht gehouden hebben. Terwijl hij haastig, van de hak op de tak springend, verder vertelde over zijn ervaringen in het vak, werd zonneklaar dat hij maar heel weinig verstand van kunst had, zelfs ternauwernood de ene stijl van de andere kon onderscheiden. Ik liet hem uitpraten. Er waren nu plekken blos op zijn wangen, hij struikelde over zijn woorden. Ik vond hem in zijn opschepperij nog zieliger dan eerst. Stilzitten kon hij niet. Hij liep rond in de kamer, verschoof hier en daar iets, rommelde in kasten, kwam tenslotte (alweer een vergeten weelde!) met een pakje goede sigaretten voor den dag. Toen ik weigerde, stak hij er zelf een op, met de driftige haast van iemand die zich een houding wil geven.

'Wie is je compagnon?'

Andries zocht naar een gevallen lucifer. 'Die ken je toch niet.'

Hij keerde zich af en keek op zijn brede gouden polshorloge (ik zag dat nu voor het eerst, omdat hij de mouw van zijn trui moest optrekken).

'Geef mij nu eens behoorlijk antwoord. Wat voer je uit – wiens huis is dit?' Hij bleef met zijn rug naar mij toe staan, alsof hij luisterde naar geluid van buiten. Ik kreeg het gevoel te zullen stikken in die oververhitte kamer. 'Kom, Andries. Ik wil het nu weten.'

'Het huis is van Edmond,' zei Andries, zonder mij aan te kijken. Hij sprak die naam op zijn Frans uit. 'Met hem ben ik ook in het buitenland geweest, vroeger.'

'Wat is dat voor iemand? Een artiest, een antiquair?'

Andries schudde zijn hoofd. Het antwoord dat hij tenslotte gaf, had ik niet verwacht. 'Ik weet het niet. Ik geloof van niet.'

'Je kent hem al jaren...'

'Tien jaar,' zei Andries lusteloos. 'Van toen ik nog op school was.'

'En toch weet je niets van een man die zo'n goede vriend van je is?'

Weer kwam zijn reactie als een volslagen verrassing. 'Mijn vriend?!'

Plotseling begon hij te huilen: een krampachtig snikken, haast schor hoesten. Ik was geschokt. 'Kan ik je ergens mee helpen?' vroeg ik, terwijl ik naar hem toe ging en mijn hand op zijn schouder legde. Maar hij rukte zich dadelijk los.

'Verdwijn alsjeblieft,' zei hij fluisterend. Hij leunde met zijn voorhoofd tegen de brede plooienbundel van een van de gordijnen. Van tijd tot tijd liep er een rilling door hem heen. Ik wilde hem eerst tot zichzelf laten komen voor ik verdere vragen ging stellen. Ik voelde dat ik nu juist bij hem moest blijven.

De schemer van de regendag verdichtte zich in de hoeken tot duisternis. Van het houtvuur was niets meer overgebleven dan gloed onder as. Het altaarlampje blonk als een rood oog. Ik zag al dat vage glimmen in het halfdonker wel, maar zonder er bewust naar te kijken. Zorg om Andries nam mijn gedachten in beslag. Ik weet niet hoe ik de gewaarwording moet beschrijven die me plotseling overviel. De meubels en antieke voorwerpen schenen op het punt te veranderen in vijandige gedrochten. Eer ik wist wat me overkwam was Andries hijgend van drift op me af gesprongen. Hij hield me vast zonder mijzelf aan te raken. De stof van mijn blouse wrong hij achter mijn hals zo stijf tot een prop dat ik bijna stikte.

'Bemoei je toch niet met mijn zaken. Waarom steek je je neus in dingen waar je geen snars van begrijpt? Altijd maar graven, altijd maar wroeten, echt een nieuwsgierige ouwe vrijster. Hier.' Hij greep met zijn vrije hand mijn tas, die ik aan een stoelleuning had gehangen, en duwde mij de kamer door, de gang in. Ik was te zeer overrompeld om me te verzetten. Terwijl ik automatisch mijn mantel aantrok, die hij van de kapstok gerukt en over mijn schouders gegooid had, hoorde ik het knisteren van papier. Andries stopte een prop bankbiljetten in mijn tas.

'Hier, je geld terug. Tel straks maar na.'

Ik wilde nog een laatste poging wagen, maar Andries liet mij niet meer aan het woord komen. 'Brand je vingers toch niet! Aan mij is heus niets verloren. Ga in de verpleging of zoiets, als je met alle geweld mensen wilt redden. Maar laat míj met rust. Ik word al misselijk wanneer ik je zie. Peerd! Kavalje!' sarde hij ineens, zoals de klasgenoten van vroeger. Ik was al buiten. Hij gooide de deur achter mij in het slot.

Toch kon ik niet besluiten weg te gaan. Ik bleef in de motregen onder de iepen aan de grachtkant wachten. De witte trui van Andries bewoog achter de ramen. Hij liet de verduisteringsgordijnen neer. Nu pas zag ik het spionnetje aan een van de vensterbanken.

Dat tijdens die ontmoeting ons ouderlijk huis geen enkele maal ter sprake gekomen was, realiseerde ik mij pas later. Andries had nergens naar gevraagd. Ik van mijn kant had verzuimd hem te vertellen dat moeder al twee jaar dood was. Onze zuster, vlak voor het uitbreken van de oorlog halsoverkop getrouwd met een vriend van catechisatie, die als legerpredikant naar Indië ging, woonde met haar zoontje bij vader. Ik begreep dat Andries voorgoed van ons vervreemd was. Maar mocht ik hem loslaten? Ik moest steeds denken aan zijn ontreddering, aan dat bittere, wanhopige 'Mijn vriend?!'

Door het spionnetje aan zijn vensterbank had ik mij de roomse winkel met de beelden en de wierookgeur en het grofkanten gordijn voor het bovenraam herinnerd. Het liet me niet met rust. Zodra het mogelijk was ging ik weer eens een weekeinde naar 'huis', ditmaal met geen ander doel dan om te zien of dat winkeltje nog bestond.

Toen ik het plein achter de kerk overstak, zag ik dat er niets veranderd was. In de uitstalkast hieven dezelfde bont beschilderde beelden hun gipsen handjes in een zegenend gebaar of wezen naar een verguld vlammend hart op hun borst. Op hetzelfde verschoten paarse fluweel lagen ook nu rozenkransen en crucifixen en misboekjes. Ik ging door de lage deur naar binnen. Nog altijd hing daar die zoetige wierookgeur. De bleke oude vrouw met haar rossige pruik zag er precies zo uit als de eerste keer. Zonder omwegen vroeg ik: 'Heeft hier vroeger iemand gewoond die Edmond heet?'

Zij stond achter de toonbank, wat voorovergebogen, het hoofd schuin, de handen over elkaar gevouwen. Zij keek mij niet aan. Dat ontwijkende prikkelde mij. Het deed me aan Andries denken. Ik herhaalde mijn vraag en voegde eraan toe: 'Edmond is, of was, een vriend van mijn broer.' Ook noemde ik onze naam. De vrouw wreef in haar handen alsof zij het koud had, en mompelde een uitnodiging: of ik even mee wilde gaan naar de achterkamer. In haar te lange zwarte rok liep zij met glijdende passen voor mij uit. Zij rook even muf als haar winkel.

De twee ramen van de kamer kwamen uit op een smalle schacht tussen de muur van het huisje en die van de kerk. Ten overvloede stonden er donkergroene horren tegen het vensterglas. In het halfdonker struikelde ik over een bankje, een pot met een hoge plant. Wij gingen tegenover elkaar aan tafel zitten. De vrouw had heel lichte ogen, met ontstoken randen.

'Ja, Edmond...' begon zij aarzelend. Langs mij heen staarde zij uit het raam. Zij zuchtte, maakte kauwende bewegingen. Ik hoorde het klikken van haar gebit. 'Edmond is mijn zoon.'

Het meest verrast was ik door de manier waarop zij dat zei, berustend, beschaamd. Zij knipperde even met haar ogen, alsof zij een klap verwachtte.

'Ik ken hem helemaal niet,' zei ik. 'Hij woont met mijn broer in Amsterdam. Zij hebben ook jarenlang samen in het buitenland gereisd.'

De vrouw verstrakte. 'Ja, ik weet het niet, er zijn er zoveel geweest, begrijpt u. Ik weet het echt niet.'

'Zoveel?' Ik begreep haar niet. Zij wierp me een schichtige blik toe.

'Weet u er niets van? En uw broer...?'

'Mijn broer heeft me nooit iets verteld en ik zeg u nog eens dat ik Edmond niet ken. Ik ben juist hier om te ontdekken wie en wat hij eigenlijk is, en welke invloed hij op mijn broer heeft.'

Met een plotseling nuffig gebaar streek zij over de doffe golfjes van haar pruik. Zij leek meer op haar hoede dan eerst.

'Hij komt soms hier. Maar hij praat nooit met mij over... En wat die anderen betreft... Niet iedereen wil gewaarschuwd zijn. O, ik heb het niet makkelijk gehad. En nog...' Haar toon was nu lijzig, klaaglijk, er blonken tranen in haar roodomrande ogen. Maar ik kon toch geen medelijden met haar voelen. Ik had de indruk dat zij mij over die zielig opgetrokken scheve schouder heen bespiedde.

'Wie zijn "die anderen", wat bedoelt u?' vroeg ik dringend. 'Waarvóór moeten zij gewaarschuwd worden? Wat wil uw zoon dan van hen?'

Zij schudde haar hoofd, bleef het schudden, terwijl zij haar lippen tot een bleke streep opeenklemde. De pruik verschoof een beetje, daardoor leek haar voorhoofd onnatuurlijk bol en kaal. Ik vond haar net een houten pop uit een poppenkast. Ik betrapte mezelf op de gedachte dat er misschien geen lijf stak onder die flodderige zwarte rok. Eigenlijk was ik bang voor haar. Die angst was verwant aan wat ik gevoeld had in het grachtenhuis bij Andries. Onwillekeurig keek ik om mij heen. Hier geen spoor van antiek of snuisterijen. De meubels waren zo saai en verveloos als die in een wachtkamer. De winkel, gedeeltelijk zichtbaar door de openstaande deur, scheen daarbij vergeleken vol exotische pronk, een tovergrot.

In een hoek klonk geritsel. Een dikke grijze kat sloop voorbij en sprong bij de vrouw op schoot. Ik wilde weg, ik wist dat ik mijn tijd verspilde. Voor het eerst zag ik een vage glimlach op haar gezicht. Zij begreep heel goed dat ik vluchtte.

Bij het verlaten van de winkel kwam ik op straat een buurman van mijn vader tegen, die mij verbaasd groette.

Natuurlijk was mijn zuster vierentwintig uur later – zondagmiddag – al op de hoogte. Zij had buurman in de kerk gesproken.

'Wat deed jij daar bij die non?' vroeg zij gretig, nog voor zij haar hoed af en haar handschoenen uit had. 'Die ex-non van dat winkeltje achter de roomse kerk. Weet je dat niet? Zij is uit een klooster weggelopen, lang geleden natuurlijk, want zij woont daar al minstens vijfentwintig jaar. Ze zeggen dat zij een kind heeft gehad. Haar haren zijn nooit meer aangegroeid, daarom draagt zij een pruik. Iedereen kent haar. Dat jij dat niet wist!'

Ik had geen zin met mijn zuster over Andries te praten. Steun viel van haar niet te verwachten. Zij was rusteloos, belust op roddel, nu eens opgewonden sentimenteel, dan weer nodeloos scherp in haar oordeel. Zij liep de hele dag met veel vertoon van bedrijvigheid door het huis, maar overal lag stof en het aanrecht in de keuken stond altijd vol met vuile pannen en serviesgoed. In de rommelige kamers hing een vage lucht van bederf. Mijn vader, mager en grijs geworden, zat in het onverwarmde zijkamertje met zijn verzameling uit kranten en tijdschriften geknipte artikelen, of was, zodra het weer dat toeliet, in de tuin bezig bij de groentebedden die hij had aangelegd op de plekken waar vroeger perken met riddersporen en goudsbloemen waren geweest. Een van de populieren bij de schutting was gekapt voor brandhout. Mijn neefje van vier duwde een verveloze kruiwagen – de kruiwagen van Andries – over het klinkerpad bij de keuken. Ik had van het begin af aan medelijden gehad met dat stille kind. Gewend zich op de achtergrond te houden, kon hij urenlang met een stukje speelgoed in een hoek gehurkt zitten. Als ik, verwonderd over die verdieptheid, naar hem keek, zag ik vaak een luisterende uitdrukking op zijn gezichtje. Ik herinnerde me dan de lange uren vol verveling en onbestemde treurigheid, die ik zelf als kind had doorgebracht in deze kamers en tussen de struiken in de achtertuin. Op die bewuste zondagmiddag ontdekte ik sporen van tekeningen die ik eens met een glasscherf in de schutting had gekrast, uit balorigheid omdat ik nooit mocht gaan fietsen, zoals andere meisjes. De plek was vrijgekomen nu buurman de oude dikke klimoplaag had verwijderd. Ik wees mijn neefje die onbeholpen poppetjes, in een opwaartse rij alsof ze over de rand van de schutting wilden ontsnappen. Helemaal onderaan was er een, groter dan de rest, die een stok of een reusachtige wijsvinger dreigend opgeheven hield. Het jongetje stond er ernstig naar te kijken, sloeg toen zijn ogen naar mij op. In zijn blauwe blik zag ik gelijkenis met Andries. Het was alsof alles van voren af aan begon. Ineens begreep ik welke taak me werd opgelegd. Ik moest het kind helpen, ik moest Andries redden. Misschien zijn dat te grote woorden, wist ik alleen maar dat ik waakzaam moest blijven. Ik besloot vaker te komen, meer aandacht aan mijn neefje te besteden. Ik zou Andries schrijven, hem laten weten dat ik beschikbaar was, altijd.

Maar in het laatste oorlogsjaar ging alles anders. De hongerwinter maakte contact onmogelijk, en vlak na de bevrijding had ik mijn handen vol aan de reorganisatie van de school.

Het korte verwarde briefje dat ik in het najaar van 1945 van Andries kreeg, bevatte een verzoek om geld.

Op de achterkant van de envelop stond een ander adres, in een buurt die ik niet kende. Ik had niet veel te missen in die tijd, maar ik wilde doen wat ik kon. Ik was ook blij dat Andries zich mijn aanbod herinnerd had en uit eigen beweging toenadering zocht. Ik schreef hem wanneer ik zou komen, en vroeg hem mij af te halen. Maar hij was niet aan het station. Na een halfuur gewacht te hebben onder de overkapping aan de Damrakzijde ging ik maar op weg. Ik vond het adres in een lange, rechte, troosteloze straat, met rijen verveloze deuren, vuile ramen en hopen afval op het trottoir. In het portiek stond de voordeur open. Ik drukte op een bel voor ik door het donkere trapgat naar de derde verdieping begon te klimmen. Op het portaal wachtte een vrouw die vroeg wat ik moest. Toen ik Andries' naam noemde en zei wie ik was, liep zij een kamer in. Even later kwam ze weer tevoorschijn met een man in hemdsmouwen, die mij al even achterdochtig bekeek. Ik herhaalde mijn verzoek om Andries te spreken.

'Die? Die is opgehaald, gisteren,' zei hij botweg. 'De politie heb hem meegenomen.'

'We zijn goed gek geweest om aan die jongen te verhuren,' vulde de vrouw aan. 'Mooie praatjes zat, maar nooit geen centen. Nou zal-ie tegen de lamp gelopen zijn. Wij weten van niks.'

Andries had ongeveer een halfjaar bij hen gewoond. Zij hadden hem de kamer verhuurd, omdat hij een nette indruk maakte en extra bonkaarten bij zich had. Uit de woorden van de vrouw begreep ik dat zij vooral gezwicht was voor het jongensachtige, schijnbaar hulpeloze dat mijn broer soms zo sterk over zich had. Zij had hem goed willen doen en tegelijkertijd van hem willen profiteren. Als huurder en huisgenoot was Andries bitter tegengevallen. Hij lag halve dagen in bed, betaalde onregelmatig, of niet, maakte schulden in de buurt voor levensmiddelen. 's Avonds ging hij meestal uit, om pas diep in de nacht thuis te komen. De dag voor mijn bezoek had een rechercheur van politie hem gehaald, met een auto. De rechercheur was in burger, maar achter het stuur had een geüniformeerde agent zitten wachten. Het echtpaar werd wat minder vijandig toen ik de op vodjes papier gekrabbelde rekeningen betaalde. Bij vluchtig doorlezen zag ik daar posten staan als: kadetjes, fruit, textielpunten, sherry. Zij brachten mij ook naar de kamer waar Andries gewoond had, een smal hok met uitzicht op schaveluinige achtergevels. Het beddengoed hing over een stoel. In de gebarsten wasbak, niet groter dan een fonteintje, stond nog zeepwater. Ik rook weer die zoetige, bedorven geur. Er waren maar weinig eigendommen van Andries achtergebleven; hij had zijn koffer moeten meenemen. Een stapel goedkope filmtijdschriften lag op tafel, ook de verfrommelde verpakking van snoeperij. De man en de vrouw konden mij niet vertellen waarvan Andries verdacht werd, of waarheen men hem gebracht had.

Ik ging dadelijk naar het hoofdbureau van politie. Uren later, nadat – voor mij onzichtbaar en onhoorbaar – overleg was gepleegd, kreeg ik eindelijk iets te horen. Tijdens het lopende proces tegen een Duitse SD-ambtenaar had een anoniem schrijven de aandacht op Andries gevestigd. Nader onderzoek had aan het licht gebracht dat mijn broer in de bezettingsjaren betrokken was geweest bij zedenschandalen in Duitse militaire kringen. Ofschoon men er kennelijk op uit was mij bijzonderheden te besparen, begreep ik genoeg. Iets in mij weigerde het werkelijk te gelóven. Ik vroeg of er, behalve Andries, nog andere Nederlanders met die zaak te maken hadden. Namen werden genoemd, maar die van Edmond was er niet bij. Andries was in afwachting van de behandeling door de rechter in het huis van bewaring opgesloten. Voorlopig zou het mij niet toegestaan zijn hem te bezoeken.

Van het politiebureau liep ik rechtstreeks naar het huis aan de gracht waar ik Andries het vorige jaar had ontmoet. Ik weet niet meer wat ik daar, eigenlijk tegen beter weten in, verwachtte te vinden. Een Edmond die mij te woord zou staan, rekenschap zou afleggen? Het huis stond leeg. De ramen van de benedenverdieping waren met planken dichtgespijkerd.

Weken later lukte het mij tenslotte bij Andries te komen. Ze brachten mij in een kamer met getraliede ramen. Mijn broer kwam binnen, begeleid door een bewaker; deze bleef bij de deur staan. Ik stak mijn hand uit, maar Andries zag dit gebaar niet, of deed alsof. Hij ging tegenover mij aan het tafeltje zitten. Hij was nog magerder geworden, de bleekheid van zijn gezicht en handen had iets groezeligs, alsof er as in zijn huid gewreven was. Hij keek mij aan, het hoofd wat schuin. In zijn ogen was geen spoor meer te bekennen van zijn vroegere uitdagend-onschuldige blik. Ik kon zo gauw geen woorden vinden. Hij was de eerste die de stilte verbrak.

'Zus, wat ben je oud geworden. Je haar is helemaal grijs. Je moest eens een spoeling nemen. Venetiaans rood, bijvoorbeeld. Weet je nog wel?' Het klonk naïef, maar ik wist dat het bedoeld was als een tergende openingszet. 'Je zit er weer middenin, hè?' vervolgde hij, ineens honend. 'Je hebt er geen gras over laten groeien om andermans aangelegenheden uit te pluizen. Heb je nu eindelijk je zin?'

Ik negeerde zijn toon. 'Om je te kunnen helpen, Andries, moet ik méér weten. In de eerste plaats, welke rol speelt Edmond? Die man richt jou te gronde. Dat besef je zelf ook. Ik ben niet vergeten hoe je over hem praatte, vorig jaar.'

Andries liet zijn hoofd hangen. Hij zat wat ineengedoken, heel stil, alleen een ader in zijn dunne nek klopte zichtbaar.

'Hoe kom je daarbij?' vroeg hij zacht.

Ik voelde dat ik op het goede spoor was. Dit bracht me ertoe, uitgaande van wat ik bij de politie gehoord had, bepaalde veronderstellingen te uiten, met zoveel beslistheid als waren het bewezen feiten. Andries staarde voor zich op het tafelblad. Zijn ogen waren dof en troebel. Ik leunde voorover en schudde hem aan zijn schouder heen en weer.

'Waarom laat je dit allemaal over je heen gaan? Ben je dan zo slap? Wat je deed – áls je het tenminste gedaan hebt, wat ik betwijfel – is gebeurd onder invloed van die Edmond...'

Andries bewoog zich niet.

'Hij is medeschuldig. Volgens mij is hij schuldiger dan

jij. Hij verbergt zich achter jou. Het is je plicht hem te noemen...'

De bewaker hoestte even. Op mijn armbandhorloge zag ik dat de bezoektijd bijna om was. 'Je móét vertellen welk aandeel hij heeft gehad in het leven dat jij leidt,' vervolgde ik, steeds heftiger omdat Andries niet reageerde. 'Hij heeft je ertoe gebracht, hij trok immers ook voordeel van...'

'Waar bemoei jij je toch mee!' riep Andries plotseling, bijna stikkend van drift. Het bloed steeg hem naar het hoofd, een vlekkerige blos, als uitslag. 'Laat me nu ogenblikkelijk met rust, ga weg, wijf, trut dat je bent,' voegde hij er op een onbeschrijflijk gemene toon aan toe, 'Edmond, Edmond,' (hij bauwde mij na) 'wat bazel je toch over Edmond, je kent hem niet eens. Als ik je nu toch zeg dat niet Edmond mij heeft bedonderd, maar ik hém, geloof je me dan, ben je dan tevreden? Ík heb verraad gepleegd, ík heb die Duitse jongens mee naar huis genomen. Edmond wist nergens van...'

'Andries, je liegt. Waarom wil je hem in godsnaam beschermen?' fluisterde ik. De bewaker maakte aanstalten om de deur te openen. 'Als jij niet over Edmond spreekt, zal ík het doen.'

'Nee!' schreeuwde Andries, opspringend. De bewaker kwam haastig naar ons toe en tikte Andries op zijn schouder, maar mijn broer boog zich over de tafel heen en klemde zich vast aan de rand aan mijn kant. 'Doe dat niet, zus, doe dat niet, alsjeblieft, doe dat niet...' herhaalde hij, ontredderd smekend met een hoge, huilerige stem, waarvan ik nog meer schrok dan van zijn eerdere uitbarsting. Ik legde mijn handen op de zijne.

'Het is immers voor je bestwil. Ik dóé het, al moet ik er de duvel en zijn moer bij halen.'

Ik wist niet wat ik zei. Andries zag er zo wanhopig, zo verloren uit. Ik wilde hem laten begrijpen dat ik bereid was voor hem door het vuur te gaan. Hij staarde mij aan met wijd opengesperde ogen. Wat ik voor ongelovige verbazing hield, het begin van dankbare herkenning, nieuwe hoop, bleek iets heel anders. Hij rukte zijn handen onder de mijne vandaan alsof hij zich gebrand had, en barstte in lachen uit, een onbedaarlijk, schokkend, verschrikkelijk lachen. Als de bewaker hem niet gesteund had, zou hij als een ledenpop door zijn knieën gezakt zijn. Krachteloos liet hij zich wegvoeren. Hij keek niet meer om.

Twee dagen later kreeg ik bericht dat hij zich in zijn cel had opgehangen.

Mijn broer werd in alle stilte begraven. Alleen mijn zuster en ik liepen achter de baar. Ik weet niet wat mijn vader begrepen heeft. Hij vroeg niets, zei niets. Maar sinds die dag was hij veranderd. Werken in de tuin, scharrelen met zijn knipsels deed hij niet meer. Hij stond soms lang roerloos op één plek, in de achterkamer bij het raam, of buiten, op het plaatsje naast de keuken, zijn blik gericht op de populieren. Pogingen tot een gesprek weerde hij hoofdschuddend af.

Ik kwam nu ieder weekeinde over, gedreven door bezorgdheid. Mijn zuster had haar haar laten knippen en permanenten, en nieuwe kleren gekocht in modellen en kleuren die haar niet stonden. Mijn verwonderde blik was voldoende om een ware storm te ontketenen: zij had nooit echt geleefd, zij was niet van plan te beschimmelen in dit gat. Zij wilde weg, weg, weg. Ik had begrip voor de oorzaak van haar onrust en verbittering. Haar man, die al sinds 1942 in Australië bleek te zitten, maakte geen aanstalten terug te komen en had in zijn schaarse brieven nog met geen woord gezinspeeld op toekomstige hereniging. Zonder erover te praten wisten wij allebei dat het met dat huwelijk afgelopen was. Het wachten was alleen nog maar op de scheidingsformaliteiten.

'En hoe moet het dan met vader?' vroeg ik.

'Dat is toch duidelijk genoeg. Hij moet opgenomen worden. Hij is niet goed bij zijn hoofd. Hij doet al jaren vreemd, maar nu wordt hij echt lastig.'

Ik verzette mij tegen haar voorstel hem naar een inrichting te brengen.

'Wil je hem zoiets aandoen? Dat zou hij verschrikkelijk vinden!'

Mijn zuster haalde haar schouders op. Zij had geen medelijden met vader.

'Wat hebben wij voor jeugd gehad? Wij mochten nooit iets. Herinner je je nog hoe wij erbij moesten lopen? Vader, die onze kastjes doorzocht en alles controleerde, elke minuut van ons leven. Zelfs toen ik van school was, las hij al mijn brieven eerst, voordat ik ze in handen kreeg. Zwemmen of dansen, zoals anderen deden, nooit, nooit. Ik heb heel wat zomeravonden boven gezeten en met mijn vuisten tegen de muur geslagen. Jij kon tenminste tijdig uit huis gaan, door je diploma's, je werk, jij bent altijd zo ijverig geweest. Ik niet, en dat heb ik geweten. Zonde en duivel, daar zijn we ons leven lang voor gewaarschuwd. Maar een kooi is geen bescherming. Je kunt van Andries zeggen wat je wilt, maar hij heeft het toch maar gedurfd... niets zeggen, je eigen gang gaan en dan ineens ffft... weg, naar Parijs, Italië, overal heen... Die heeft tenminste geléééfd...'

Je moest eens weten, dacht ik. Ik stelde mij voor dat het gauw gedaan zou zijn met haar nieuwe, opgeschroefde houding van zelfverzekerdheid als ik haar inlichtte over de achtergrond van Andries' wereldse avonturen. Zij stond voor de spiegel en verschikte iets aan haar stijfgekrulde kapsel. Intussen ging zij voort met Andries op te hemelen 'omdat hij de moed gehad heeft zichzelf te zijn'. Het was als zag ik haar met Andries' ogen, een onbeholpen opgedirkte en daardoor belachelijke verschijning.

'Je mag vader niet alleen laten,' zei ik.

'Waarom moet het allemaal op mij neerkomen?! Ik zeg je toch dat hij een tik van de molen beetheeft!' riep mijn zuster ordinair. 'Weet je wat hij doet? Als het hard waait, gaat hij in de tuin onder de populieren staan. Hij dreigt ze met gebalde vuist. Ik heb hem horen vloeken... ja, vloeken! "Ik versta jullie wel, maar mij krijg je niet!"' Zij bootste vaders stem na en begon te lachen, een verstikt proesten dat mij weer aan Andries deed denken.

'Hou op,' zei ik, 'je doet zo gek.'

'Kijk naar jezelf,' kaatste zij terug. 'Ga jíj maar eens voor de spiegel staan. Jij hebt soms van die scherpe, stekende ogen. Net priemen die je overal in boort. Bedisselen, wat jij helpen noemt, voorzienigheid spelen, dat is het enige plezier dat jij in je leven hebt, geloven dat jij onmisbaar bent, en overal iets achter zoeken. O ja, ik merk het wel, al denk jij misschien van niet. Op die school van je vinden ze ook dat je bemoeiziek bent. Dat weet ik toevallig. Als jij hier een dag geweest bent, kan ik wel tegen de muren op vliegen. Het is gewoon een afwijking van je.'

Toen werd ik driftig. 'Ik moet wel. Als ik hier niet van tijd tot tijd een en ander kom regelen, loopt de boel vast. Ik zou me nergens mee bemoeien, als jij er zelf behoorlijk voor kon zorgen.'

'Ik ben niet achterlijk!' riep mijn zuster stampvoetend. 'Zorgen, zorgen! Ik ben het zorgen zat! Ik wil wel eens iets anders! Ik ben nog niet zo ver, dat ik een uitlaatklep zoek in het achternalopen van alles en iedereen. Ik ga liever dood dan dat ik word zoals jij!' In één adem gooide zij eruit waar het haar in werkelijkheid om te doen was. Zij had geschreven op een advertentie van een weduwnaar, een oudere zakenman in het zuiden van het land, die een huisgenote zocht. Hij had een mooie eigen woning, was goed gesitueerd. Voor later werden er reizen in het vooruitzicht gesteld. Hij had al geantwoord, er was een ontmoeting afgesproken. Zij wilde ook wel eens wat van het leven hebben, dat was haar goed recht. Niemand kon haar dwingen haar beste jaren op te offeren aan een demente vader.

'En je kind?' vroeg ik, toen zij eindelijk haar mond hield.

'Jíj bent er toch?' Zij durfde mij niet aan te kijken. Voor ik iets kon zeggen, was zij de kamer al uit, overdreven ritselend met haar nieuwe wijde tafzijden rok.

Ik wist dat zij zich zou houden aan het plan om haar zoontje naar een internaat te sturen als ik weigerde de zorg voor hem op mij te nemen. Haar vriend wilde geen kind in huis hebben, maar was desnoods wel bereid tot geldelijke steun. Ik kan niet zeggen wat mij méér verbaasde, de manier waarop mijn zuster de jongen en zijn opvoeding eenvoudig van zich af schoof, of het feit dat zij hem aan mij, die in haar ogen lastige bemoeial, wilde overdoen. Die onverschilligheid gaf voor mij de doorslag. Ik hield van het kind, en ik weet zeker dat hij ook op mij gesteld was. Het vooruitzicht voor hem te kunnen zorgen, hem leiding te geven, woog op tegen alle bezwaren. Dan was mijn vader er nog. Ik wilde niet horen van een inrichting. Ik begreep ook toen al wat het wil zeggen niet voor vol aangezien te worden, terwijl men alleen maar niet bij machte is woorden te vinden voor zijn angst. Ik moest op korte termijn alles regelen. Met spijt nam ik afscheid van mijn school en van het dorp waar ik zo lang gewoond had. Ik kon – gelukkig toeval – van werkkring ruilen met een onderwijzeres van vaders vroegere school.

Wij vormden een merkwaardig gezin: mijn vader, bijna voortdurend in de ban van onzichtbare vijanden, het gehoorzame stille kind en ik. Vaak, wanneer ik 's avonds in de lichtkring onder de lamp huiswerk zat na te kijken, overviel mij een vreemd gevoel van buiten de wereld te zijn. De kleine jongen lag boven te slapen, mijn vader liep als altijd zachtjes mompelend heen en weer in het zijkamertje, waar onder zijn voetstappen in het karpet al een duidelijk zichtbaar spoor was uitgesleten. Eigenlijk was ik volkomen alleen in huis. Van de straat drong geen geluid tot in de achterkamer door. Als het woei hoorde ik het loof van de populieren ruisen. Geleidelijk begon ik daar bewust naar te luisteren. Er waren zoveel variaties van aanzwellend en afnemend ritselen en suizelen, al naar gelang van de windkracht. Soms moest ik mijn werk opzijschuiven omdat het koor van gebladerte buiten, boven de schutting, mij het denken belette. Het kwam op mij af als een ijl fluisteren, net voorbij de grens van het verstaanbare. Eens leek het gelispel zo irriterend werkelijk dat ik de tuin in liep. Het was een avond in de nazomer. Het had juist geregend, er hing al een geur van herfst in de lucht. De bladeren ritselden met een dun bijgeluid. Het was alsof ontelbare kleine schepsels driftig dringend in een zigzaggende stroom omhooggezogen werden. Ik moest denken aan de poppetjes die ik lang geleden in de schutting had gekrast, die met opgeheven harkachtige armpjes in een steile rij vluchtten voor de 'meester'. Ik herinner mij dat ik hardop tegen mezelf zei: een 'juf' is het in elk geval niet.

Terwijl ik daar in de vochtige, al kille wind op het plaatsje achter de keuken stond, drong de gedachte aan Andries zich plotseling onweerstaanbaar aan mij op. Ik hoorde weer zijn zachte, zieke lachen, met sissende en snuivende bijgeluiden. Struikelend over een paar verzakte stenen liep ik zo vlug mogelijk naar binnen.

Mijn neefje was een ongewoon gehoorzaam en gewillig kind. Ik vond hem te bleek. Als hij moe was, kreeg hij diepe kringen onder zijn ogen. Hij zag er dan met zijn dunne halsje en zijn tengere lijf angstwekkend broos uit. Hij was geen uitblinker bij loop- en springspelletjes, maar hij kon goed leren. Hij las al zonder haperen toen zijn klasgenootjes nog maar moeizaam lettergreep voor lettergreep konden ontcijferen. Vriendjes had hij eigenlijk niet, waarschijnlijk omdat hij nooit wilde mee ravotten. Vaak zag ik hem bij het uitgaan van de school voor mij uit lopen: een kleine, bedaard stappende, eenzame jongen. Hij plukte wel eens blaadjes uit een heg of zwaaide even met het canvas tasje dat ik hem gegeven had om er zijn potloden en papiertjes in te bewaren, maar dat was alles. Ik zorgde ervoor hem niet in te halen, om hem de gelegenheid te geven zich toch nog aan te sluiten bij de hinkelende, hurkende, heen en weer rennende andere kinderen. Er kwam een tijd dat ik niet meer opzettelijk hoefde te treuzelen. Steeds minder vaak zag ik na schooltijd zijn ouwelijke figuurtje in de verte op weg naar huis. Het verbaasde mij ook dat hij meestal niet eerder thuiskwam dan ik, zelfs niet wanneer ik door schoolblijvers of besprekingen met collega's was opgehouden. Toen dit mij begon op te vallen, was het weer juist guur voor de tijd van het jaar en volgens mij niet geschikt voor buiten spelen. Maar omdat zijn wangen na zo'n laat thuiskomen dikwijls fris rood waren en zijn ogen levendig schitterden, zei ik er niets van. Ik dacht dat hij eindelijk vriendjes gevonden had met wie hij al spelend naar huis liep. Het gebeurde nu ook steeds vaker dat hij op vrije middagen de straat opzocht, al regende of vroor het. De platenboeken en het speelgoed, waarmee hij eerst altijd zo tevreden was geweest, boeiden hem blijkbaar niet meer. Voor een zevenjarige leek mij dat een normale ontwikkeling. Ik spoorde hem aan eens een paar jongetjes mee naar huis te nemen. Dat hij dit nooit deed, schreef ik toe aan verlegenheid in verband met mijn vader, die in pyjama en kamerjas onverstaanbaar pratend door het huis dwaalde of lange tijd stokstijf op één plaats bleef staan. Er was geen enkele reden om bang voor hem te zijn; mijn neefje was dat dan ook niet, maar hij had al jong begrepen dat de oude man op anderen wél een vreemde indruk moest maken.

Pas in het voorjaar dat op die periode volgde, viel mij een geringe maar veelzeggende verandering op in de houding van mijn neefje tegenover mij. Hij schonk mij niet meer, zoals vroeger, zonder voorbehoud zijn vertrouwen. Hij was geslotener, ik zou zeggen: meer op zijn hoede. Wel gehoorzaamde hij altijd zonder tegenspraak en gedroeg hij zich als altijd voorbeeldig, maar het leek mij dat er een afstand tussen ons was. Hij onttrok zich vriendelijk maar beslist aan de kus voor het slapengaan, aan al die kleine betuigingen van genegenheid die hij vroeger bewust gezocht had. Er waren ook andere dingen, die ik minder begrijpelijk vond: de kalme, wijze, bijna geamuseerde blik waarmee hij mij kon zitten bekijken wanneer hij dacht dat ik het niet merkte, het vage, spottende, ook wel misprijzende lachje waarop ik hem soms betrapte. Dikwijls beving me het onaangename gevoel dat ik me in het gezelschap bevond van een als kind vermomde volwassene, en wel van een jegens mij uiterst kritisch ingestelde volwassene. De kinderlijke woorden die hij sprak schenen op die ogenblikken geforceerd, onecht. Ik trachtte enkele malen het op zo raadselachtige wijze verloren geraakte vertrouwen terug te winnen, maar tevergeefs. Teleurstelling en onmacht tot begrijpen maakten mij misschien onrechtvaardig. Ik moest herhaaldelijk de neiging onderdrukken de jongen zonder directe reden te straffen of de les te lezen. Ik kon eigenlijk niets op hem aanmerken. Des te kwellender werd mijn overtuiging dat het belangrijkste element in onze verhouding, vertrouwen, ontbrak.

Ik begon scherper op mijn neefje te letten: leek hij op mijn zuster, op Andries? Ik had soms het gevoel dat zich hier iets herhaalde, dat een mij al bekende kringloop opnieuw was begonnen. Ergens was een verband, een knooppunt, de oplossing scheen zich net buiten de grens van mijn bewustzijn te bevinden, speurbaar, maar toch nog niet te vatten. Er kwam niets meer terecht van regelmatig samen wandelen. Mijn neefje zag op woensdagmiddagen herhaaldelijk kans weg te glippen, terwijl ik nog bezig was op te ruimen na de koffiemaaltijd. De paar keren dat hij met mij meeging, gedroeg hij zich gewillig, maar lusteloos. Mijn plannen voor een herbarium interesseerden hem niet meer, hij werd gauw moe van het lopen langs de slootkant. Ik vroeg hem voorzichtig wat hij dan wél leuk vond, en naar namen van vriendjes. Hij gaf ontwijkende antwoorden. Nu was mijn achterdocht pas goed gewekt. Strengheid, verbieden zouden niet helpen. Het kind ontweek mij, misleidde mij, met voelbare sluwheid. Alleen list kon mij leren wat ik weten wilde.

Op een woensdagmiddag ging de jongen dadelijk na het eten naar buiten. Ik bespiedde hem door het keukenraam en zag hoe hij met gespeelde onverschilligheid langzaam tussen de bessenstruiken door naar de deur in de schutting slenterde. Opgetogen weghollen zou mijn aandacht getrokken hebben. Het was kennelijk zijn bedoeling ongemerkt te verdwijnen, terwijl ik dacht dat hij in de tuin speelde. Ik liet de borden en kopjes op het aanrecht staan en volgde hem. Ik bewaarde een zo groot mogelijke afstand en bleef dicht langs de huizen lopen, klaar om een portiek binnen te gaan wanneer de jongen zou omkijken. Ik had eigenlijk verwacht dat hij zich ergens op een straathoek bij vriendjes zou voegen, die ik vermoedelijk als ongewenst gezelschap moest beschouwen (want waarom verzweeg hij anders zo hardnekkig hun namen en bezigheden?). Maar in de stille straatjes van het centrum verloor ik hem plotseling uit het oog. Bij het omslaan van een hoek kon hij onmogelijk zoveel voorsprong hebben gekregen. Was hij een huis binnen gegaan? Ik liep langs dezelfde weg terug, trachtend binnen te turen in de donkere kamers achter de ramen. Toen de jongen thuiskwam, op tijd voor het avondeten, kon ik niet doen alsof er niets gebeurd was. Ik bleef opzettelijk zwijgen. Floot en zong hij dáárom zo uitbundig bij het naar bed gaan?

Nu ging er geen dag meer voorbij zonder dat spel van bespieden en ontwijken, dat iets weg had zowel van krijgertje als van verstoppertje, maar dat me beangstigde omdat het bittere ernst was. Ik moet er niet aan denken hoe lang dit doorgegaan zou zijn, en tot welke gevolgen het tenslotte geleid zou hebben, als ik niet, volkomen bij toeval, achter de waarheid was gekomen.

Eens liep ik na schooltijd een eind om. Niet ver van het gebouw was een plantsoen met bloemperken en een rosarium. Ik wandelde daar langzaam naartoe door de zonnige straten. In een uithoek van het parkje ontdekte ik mijn kleine neef. Hij zat naast een man op een bank, met uitzicht over het rosarium. Ik bleef staan voor zij mij hadden gezien. Zij waren druk in gesprek, de man tekende met de punt van zijn wandelstok figuren in het zand. Vanachter een groep bomen bleef ik hen bespieden. De metgezel van mijn neefje leek iemand van middelbare leeftijd. Wat hij zei kon ik niet verstaan. Wel trof me de beschaafde klank van zijn stem. Hij droeg een ouderwetse donkergroene loden jas en een hoed, en zat half van mij afgewend. Na enig aarzelen liep ik naar de bank toe. Het kind zag mij het eerst. Zijn houding en de uitdrukking van zijn ogen verrieden onmiddellijk dat hij zich betrapt voelde. De man stond op en deed een paar schuivende stappen, waarvan de betekenis pas later tot me doordrong toen ik zag dat het zand waarin hij getekend had omgewoeld was. Hij boog even in mijn richting, met de hand aan zijn hoed, echter zonder die af te nemen; zijn gezicht bleef verborgen achter zijn geheven arm. Eer ik een woord had kunnen uitbrengen was hij al op weg naar de uitgang van het plantsoen. Bij het hek was een perk, een rand rozen rondom een met lathyrus begroeide piramide van ijzergaas. Hier bleef hij een ogenblik staan. Ik zag hoe hij zich vooroverboog om een takje lathyrus te plukken. Hij hield de lichtpaarse bloemen tegen zijn gezicht gedrukt. Zó had Andries op het trottoir voor dat Amsterdamse caféterras met overgave de geur van lathyrus ingeademd. 'Edmond!' riep ik, maar mijn stem begaf het. Ik moest op de bank gaan zitten.

Het kind had weinig te zeggen. Na lang vragen kreeg ik eruit dat hij 'meneer' voor het eerst ontmoet had in de vorige herfst. Meneer stond tijdens het vrije kwartier wel eens bij het hek van de school naar de spelende kinderen te kijken. Soms gaf hij postzegels weg, of knikkers of schelpen. Nooit snoep. Veel jongens kenden hem. Zij waren wel eens in groepjes of alleen met hem meegelopen. Het was wel een aardige meneer, werd er gezegd, maar waar hij het nu precies over had, dat begrepen zij toch niet. Had mijn neefje het wél begrepen? De jongen verklaarde tenminste dat hij vaak met 'meneer' wandelde. Waarover zij dan met elkaar spraken? Dat kon hij niet navertellen. Hij was ook een keer bij meneer thuis geweest. Het hart klopte me in de keel. 'Waar?' vroeg ik. Hij schudde zijn hoofd, op het punt in tranen uit te barsten, naar mijn indruk meer van schrik om mijn heftigheid dan vanwege een slecht geweten. 'Er is ook een poes, een grote, grijze...' zei hij tenslotte fluisterend.

'Is het bij de kerk? In een winkeltje met beelden en kaarsen?' drong ik aan. 'Heet die meneer soms Edmond?'

Het kind bleef doodstil staan, met één afwerend opgetrokken schouder. Hij keek mij niet aan. Ik kon geen woord meer uit hem krijgen.

Dat ik moest ingrijpen stond nu voor mij vast. Nog diezelfde avond, zodra mijn neefje in bed lag, ging ik eropuit. Wolken en nevels waren voor de zon getrokken, het leek veel warmer dan het overdag was geweest.

De ex-non deed open. Kruisspin, dacht ik, toen haar bleke gezicht en haar zwarte rok opdoemden achter het glas van de winkeldeur. Zij deed alsof zij mij niet herkende.

'Ik moet bij Edmond zijn,' zei ik kortaf. Onwillekeurig – want blijkbaar toch overrompeld – maakte zij een gebaar omhoog. Wel begon zij dadelijk daarna allerlei tegenwerpingen te uiten, maar ik was haar al voor. Door een half openstaande deur, rechts van de winkelingang, had ik een trap gezien. Boven klonken voetstappen.

'Ik kan er niets aan doen, zij liep meteen door!' riep Edmonds moeder achter mij.

'Ach, bent ú het,' zei iemand die over de trapleuning heen keek. Toen ik op het bovenportaal kwam, zag ik hem niet meer. Ik hoorde alleen zijn stem vanuit de voorkamer op de eerste verdieping: 'Wat kan ik voor u doen? Kom toch binnen.'

De vrouw, die mij nagelopen was, stond halverwege de smalle trap. Zij hijgde nog een protest. Ik stapte over de drempel, in de veronderstelling dat zij mij tot in die kamer volgen zou. Maar de deur werd, vanuit een onvermoede hoek en met grote beslistheid, tussen mij en haar dichtgegooid.

De kamer was klein en kaal. Een kast, een tafel, drie of vier stoelen, meer niet. Ik draaide mij om. Hij stond naast de deur tegen de muur geleund. Hij was een hoofd kleiner dan ik. Een kort huisjasje van wijnrode stof, damast leek het wel, accentueerde wat 's middags in het plantsoen door zijn kleding en houding voor mij verborgen was gebleven: een scheve schouder, een grauwe pokdalige huid. Mijn neefje had met geen woord gerept over die – voor een kind toch vast wel angstaanjagende – lelijkheid. Edmond beantwoordde in geen enkel opzicht aan het beeld dat ik mij in de loop van de jaren van hem had gevormd. Ik was zo onthutst, dat ik toch maar ging zitten op de stoel die hij mij aanbood en die ik eerst had willen weigeren. Het betoog dat ik onderweg had voorbereid, was bedoeld geweest voor een louche avonturier, een achterbakse kinderlokker. Oog in oog met die mismaakte man met zijn treurige vermoeide blik zweeg ik verward. Ik voelde mij onzeker en belachelijk. Edmond nam zelf ook een stoel. Hij maakte een hoffelijk, uitnodigend gebaar in mijn richting. Die zelfbeheersing prikkelde mij, wekte opnieuw mijn achterdocht. Zijn welwillend-weemoedige gezicht was een masker. Ik zag de spottende vonk in zijn ogen wel. Maar het ging hem niet aan dat ik klamme handen had.

'Wat doet u met mijn neefje?' vroeg ik botweg. Hij trok even zijn wenkbrauwen op. 'U begrijpt heel goed wat ik bedoel,' vervolgde ik, mijzelf dwingend kalm te spreken. 'Ik ben op de hoogte van alles wat er met Andries is gebeurd...'

'Pardon,' zei Edmond op zachte, besliste toon. 'U vergist zich. U weet níets.'

Ik somde de feiten op die mij na Andries' arrestatie ter ore waren gekomen. Edmond bleef mij aankijken. Van tijd tot tijd schudde hij haast onmerkbaar zijn hoofd. Zijn houding drukte kalme gelatenheid uit. Dat hij mij liet uitpraten had niets te maken met een vanzelfsprekend overwicht-van-gelijk-hebben aan mijn kant. Ik voelde me als een schoolkind dat slecht-begrepen leerstof opzegt voor een te nadrukkelijk geduldige onderwijzer. Was dat ook het effect dat Edmond beoogde? Toen ik zweeg, zuchtte hij maar maakte geen aanstalten te antwoorden. Die stilte vergrootte mijn onzekerheid.

'U hebt Andries jarenlang bij u gehouden, hem god mag weten waar overal mee naartoe genomen,' zei ik nog, om hem een reactie te ontlokken. 'U had hem in uw macht. De schijn was tegen hem. Waar zou die jongen anders dergelijke neigingen vandaan gehaald hebben?'

'Andries was helemaal het type dat... dat tot zoiets komt,' zei Edmond schouderophalend, met een meewarige glimlach.

'U hebt hem verleid, u hebt hem verknoeid...'

Weer dat berustende hoofdschudden. 'Uw conclusies zijn op zijn zachtst gezegd voorbarig. Dat uw broer en ik lange tijd samen zijn opgetrokken betekent absoluut niet dat er tussen ons sprake was van een verhouding... in de zin die u bedoelt.'

'Durft u de dingen niet bij hun naam te noemen?' vroeg ik driftig. Ik verbeeldde mij dat ik terrein won. 'Andries heeft mij zelf verteld dat hij u voor het eerst heeft ontmoet toen hij nog op school was. U zoekt nog steeds het gezelschap van kleine jongens. U staat ze te begluren in het speelkwartier. Van uw moeder heb ik gehoord, dat het er "zoveel" geweest zijn in de loop van de jaren. Dat laat aan duidelijkheid niets te wensen over.'

Het was gaan waaien, de plotselinge harde rukwinden die de voorboden zijn van snel opkomend onweer. De grofkanten gordijnen – nog steeds dezelfde die ik vroeger had zien hangen – rezen met de luchtstroom. Edmond schoof zijn stoel achteruit en liep naar het raam.

'Hebt u last van tocht?'

'Niet dichtdoen!' riep ik. Het was benauwd in het kamertje. Edmond schoof de gordijnen verder open en bevestigde ze in stoflussen aan weerskanten van de vensterbank. Op de gevels aan de overkant lag een diepgele dreigende glans. Edmond bleef even staan kijken naar dat vreemde licht. De lucht boven de daken had de kleur van leisteen. Zwaluwen scheerden piepend voorbij. Ik kon ze niet zien, alleen horen. Ik wist dat ze onder de daklijsten en in de toren van de kerk nestelden. Over die kerkzwaluwen en hun buren, de duiven, had ik mijn neefje vaak verteld. Nu bracht ik plotseling het panische gepiep in verband met de figuurtjes op de luchtboog. Op een vraag van het kind (hij was toen nog heel klein): waarom klimmen die mannetjes naar boven? had ik eens een sprookje bedacht: om de nesten uit te halen, en daarom zijn ze van steen geworden en moeten ze voor straf altijd op die boog blijven zitten. Daar bij Edmond in zijn kamer werd ik mij ervan bewust dat dit dwaze verhaal de jongen bang had gemaakt. Altijd wanneer wij samen langs de kerk liepen, wierp hij snelle, schuwe blikken omhoog. Natuurlijk had ik hem later alle plaatselijke overleveringen met betrekking tot de grotesken verteld. Maar noch mijn verklaring dat het zelfportretten waren van middeleeuwse steenhouwers en metselaars, noch de legende van de engeltjes die in een hevige storm de toren geschraagd zouden hebben, konden het beeld van de versteende kwajongens verdringen. Terwijl ik in Edmonds kamer zat, was ik er niet zeker van wat ik zelf eigenlijk van die sculpturen vond. Het piepen van de zwaluwen suggereerde onheil. Het was als hoorde ik de stem van mijn neefje: 'Bewegen ze écht?' De ondergaande zon was weer achter wolken verdwenen. De huizenrij aan de overkant baadde niet langer in geheimzinnig geel licht. Edmond draaide zich naar mij toe.

'Ach ja,' zei hij zuchtend. Stonden er tranen in zijn ogen? Komediant, dacht ik. Ik zou niet zwichten voor die blik vol droefheid. Hij ging weer tegenover mij zitten, zo dichtbij dat onze knieën elkaar bijna raakten. Mijn eerste impuls was: achteruitschuiven, maar ik bedwong mij.

Zonder mij aan te kijken begon hij zacht en dringend te praten: 'Als kind was ik vroom. Ik wilde goed zijn, ik kende geen groter ideaal dan heiligheid. Kunt u zich dat voorstellen, in de omgeving waarin ik ben opgegroeid?'

Ik zei niets.

'Niemand heeft tegen mij ooit gewóón gedaan. Ik kreeg geen kans, geen enkele kans om te vergeten wie ik ben, waar mijn moeder vandaan kwam. Ik heb nooit geweten wie mij verwekt heeft. Ik dacht dat in de hemel mijn bidden als spot gold. Mijn Mariadevotie was een belediging, mijn hele bestaan godslasterlijk. Ik had er niet mogen zijn. Ik was voortgekomen uit een walgelijke zonde. Als ik in een spiegel keek, zag ik die zonde in levenden lijve. Op zijn best hadden de mensen medelijden met mij. Maar de meesten voelden alleen afschuw. Toen ben ik begonnen mijzelf te straffen. Ik speelde nooit met andere kinderen. Ik ging met niemand om, ik gedroeg mij bewust als een paria. Alleen zo kon ik er tóch bij horen, was ik deel van de werkelijkheid, de orde der dingen, waarin ik leven moest.'

'Waarom vertelt u mij dat allemaal,' vroeg ik.

Edmond hief zijn handen op. Ik zag nu, voor het eerst, hoe fijn en smal die waren.

'Dat zult u straks begrijpen,' zei hij. 'Niet zo haastig. U bent toch hier gekomen om te wéten, is het niet? Ik praat nooit over deze dingen met vreemde mensen. Ik vind het allemaal te pijnlijk. Voor ú maak ik een uitzondering, omdat u zowel Andries als de kleine jongen kent...'

'Ként? Andries was mijn broer! En het kind...'

'Jawel. Natuurlijk,' zei Edmond op sussende toon. 'Ik wil u helemaal niet kwetsen. Neem dat van mij aan.'

'Ik weet niet wat u bedoelt,' zei ik vijandig.

Edmond boog even in mijn richting, alsof hij wilde zeggen: wacht af.

'Het kwaad is aantrekkelijk. Het heeft een oneindig groot aantal verschijningsvormen. Het is bijna onmogelijk bij zoveel variatie de kern, het wezenlijke, te ontdekken. Weet u wat dat is, het kwáád?' Nu hield hij mijn blik vast met die grote bruine bedroefde ogen. 'Ik heb het enige middel gekozen dat mij in staat stelt verder te leven zonder verpletterd te worden onder minderwaardigheidsgevoel. Als ik goed-zijn had nagestreefd, zou ik mezelf een huichelaar en een idioot gevonden hebben. Stel u voor, een worm die vlindervleugels ambieert! Maar ook het afzichtelijke kan op zijn eigen manier volmaakt zijn. Hebt u wel eens door een vergrootglas gekeken naar iets dat – met het blote oog gezien – alleen maar afschuw opwekt? Uitwerpselen bijvoorbeeld, of rottend afval, of een wond, een zweer?'

Het werd snel donker. Buiten, in de verte, rommelde de donder al. Het zweet brak mij uit.

'Hebt u het zo warm?' vroeg Edmond vriendelijk. Hij schoof een lade van de tafel open en nam er een waaier uit, een prul van beschilderd papier, zoals de kruidenier die in mijn jeugd wel cadeau gaf bij aankoop van een pakje thee. Hij had geen beter middel kunnen bedenken om mij bij voorbaat ieder gevoel van zelfvertrouwen te ontnemen. Daar zat ik, groot en plomp in mijn gekreukelde mantelpak, met in mijn hand die schelgekleurde waaier van rijstpapier. Ik legde hem op tafel.

'In welk verband staat dit nu allemaal tot Andries of mijn neefje?' vroeg ik. Ik wilde hem dwingen zijn gehuicheld-bezorgde blik af te wenden van de vochtige strengen die uit mijn haarwrong hingen. Edmond glimlachte en bracht de vingertoppen van beide handen tegen elkaar. Het gebaar van een *eerwaarde*, dacht ik honend.

'Wacht, dat komt straks... Andries en de kleine jongen,' zei hij, weer op die bedachtzame, honingzoete toon die ik zo onverdraaglijk vond. 'Ik heb u al gezegd dat ik mij tenslotte helemaal ben gaan instellen op de toestand waarin ik door mijn afkomst en omstandigheden toch al verkeerde. Ik heb mij verdiept in het kwaad.'

'Dat is allang duidelijk,' zei ik. 'Bespaar me alstublieft uw gewichtige gedoe...'

Hij viel mij in de rede. 'Voor wie dit terrein durft te verkennen en bovendien de moed en de aanleg heeft om werkelijk góéd te zijn, liggen er ongekende mogelijkheden... Kunt u dat begrijpen?'

'Ik begrijp alleen dat de speciale vorm van... laten we het "studie" noemen... waarmee u zich bezighoudt, voor de wet strafbaar is,' zei ik.

'Ach, ach, wat bent u toch heftig...' Even leek het alsof hij zijn hand kalmerend op de mijne wilde leggen. Ik schoof mijn stoel achteruit.

'U bent toch niet bang voor mij?' vroeg hij, haast fluisterend. 'U schrijft mij bedoelingen toe die ik niet heb. Ik probeer juist uit te leggen... Hoe moet ik nu toch... Kijk. Ik ben tot mijn verdriet de minst geschikte persoon om mijn denkbeelden in daden om te zetten. Het is zoiets als het verschil tussen de theoreticus en de uitvoerende kunstenaar. Neem bijvoorbeeld de choreograaf die niet bij machte is de door hem bedachte figuren zelf te dansen. Of de zangpedagoog met het feilloze gehoor en de volmaakte technische kennis, maar zonder stem. Wat zij weten, kan alleen verwerkelijkt worden in de artiest, de mens met het soepele lichaam, het zeldzame orgaan – als die tenminste met liefdevolle overgave het inzicht van de mentor aanvaardt. Want dáár gaat het om' (geleidelijk was hij luider gaan spreken) 'om de liefde in zijn meest pure vorm van *pneuma*, wederzijdse bezieling. Om de eenheid van geest en stof, van de gedachte en de uitdrukking daarvan in geleefde werkelijkheid. Zo kan iemand, ook al schijnt hij veroordeeld tot een leven in vuil en schuld, tóch deel hebben aan harmonie... aan...'

Hij zweeg plotseling, schudde zijn hoofd en drukte de vingertoppen van zijn rechterhand tegen zijn lippen. Het was nu zo donker dat zijn ogen gaten leken in een vaal masker. De warmte maakte mij duizelig.

'Steek alstublieft een lamp aan,' zei ik gesmoord. Edmond

putte zich uit in verontschuldigingen. Juist toen hij opstond, knetterde de eerste felle bliksemschicht door de wolken. Gedurende één ogenblik was alles buiten en binnen scherp, ontkleurd, zichtbaar.

'God!' riep ik onwillekeurig. Ik hoorde Edmond zacht lachen.

'C'est *toi* qui l'as nommé,' zei hij. 'U hebt mijn zin van daarnet voor mij afgemaakt.'

Er ging een klein rood-omkapt wandlampje aan. 'Is het zo beter?' vroeg Edmond.

'Wilt u soms beweren dat het uw levensdoel is anderen op te leiden tot iets waar u zelf, behalve theoretische kennis, niet de nodige capaciteiten voor hebt? Liedjeszanger, misschien ook edelsmid of danser?'

'Zo eenvoudig is het niet,' begon Edmond, maar een nieuwe donderslag overstemde hem. Even later zei hij: 'Dat wordt een zware bui. Bent u bang voor onweer? Ik kan de ramen sluiten. Het gebeurt maar uiterst zelden dat er een vuurkogel naar binnen verdwaalt. Gelukkig ligt er geen mes op tafel.'

'Geef antwoord,' zei ik. 'Wat is dat dan voor een "vorming" die u op het oog hebt? Tot "volmaakte schurk" soms?'

Edmond was bij de kast blijven staan, een ouderwets kabinet met twee deuren. Hij draaide de sleutel om in het slot, maar deed de kast nog niet open.

'Een schurk, zoals u het noemt, zou alleen diegene kunnen worden die zonder liefde, zonder geestdrift, en vooral zonder innerlijke zuiverheid mijn denkbeelden zou overnemen. En dat is nu juist niét wat ik nastreef. Mijn hele leven is gericht op heiligheid,' (hij wachtte even en keek naar mij, maar ik had mijzelf goed in bedwang) 'heilig zijn wil niet zeggen: onkundig zijn van het kwaad. De ware heilige is hij die in een lijf-aan-lijfgevecht met de draak worstelt. Voor de middeleeuwse mens had dat beeld een diepe zin. Kijk.' Hij opende de deuren van de kast. Het inwendige was ingericht als een schrijn. Edmond stak kaarsen aan in veelarmige kandelaars. In plaats van een crucifix of een madonna hing er een beschilderd paneel tegen een achtergrond van brokaat. De kast was een nis vol warm licht en schittering. Ik stond op om de voorstelling op het paneel te bekijken. In een landschap met groene en azuren vergezichten verslaat Sint-Joris de draak. De heilige is afgebeeld op het ogenblik dat hij met beide handen zijn speer opheft voor de genadestoot. Hij staat wijdbeens op het kronkelende lijf van de reuzenslang. Zijn in maliën geschoeide voeten en het geschubde metaalgrijze vel van het monster lijken uit dezelfde substantie gemaakt. De draak braakt vuur, bloedt uit talloze wonden. Sint-Joris is een tengere jongeman, blootshoofds. Blond krullend haar waait op aan weerszijden van zijn smalle nek.

'Ah, ú hebt het dus óók gezien!' zei Edmond, terwijl hij de kaarsen uitblies en de kastdeuren weer dichtdeed. 'Zó stelt men zich een heilige voor, is het niet, en nooit zó.' (Hij nam voor een ogenblik de houding van Sint-Joris aan.) 'Zelfs met de nobelste bedoelingen bezield ben ik een karikatuur. Maar ík ken de schuilhoeken en de listen en lagen van de slang. Ik val niet op wanneer ik door de modder kruip. Begint u nu eindelijk te begrijpen wat ik bedoel?'

'Een school voor drakendoders?' vroeg ik, nog geschokt door die kortstondige indruk: mijn broer, ten voeten uit, verkleind, een figuurtje gevangen binnen de dimensies van een vijftiende-eeuws paneel.

Edmond sloot mij als het ware in met hoffelijke gebaren. Ik kon niet anders doen dan weer gaan zitten. Hij boog zich over mij heen: 'Wat ik nodig heb is een onschuldig mens met een warm hart en een helder verstand. Iemand die de kennis die ik hem kan geven adelt door het kwaad te vernietigen. Dát is de steen der wijzen, het goud van geestelijke loutering... noem het een amalgaam: aangeboren zuiverheid én inzicht in het wezen van het kwaad...'

Ik walgde van hem en van zijn hoogdravende woorden, en dat zei ik hem ook. De triomfantelijke uitdrukking verdween van zijn gezicht. Hij deed een stap achteruit. Nu kon ik weer ademhalen.

'U mag jonge mensen niet als proefkonijn gebruiken! Andries is dóód!' Als om mijn woorden kracht bij te zetten sloeg ergens vlakbij de bliksem in.

'Andries was... een vergissing van mij,' zei Edmond zacht. 'Ik ben op een dwaalspoor gebracht... door zijn uiterlijk, zijn ogen, die hoge, heldere stem... Maar eigenlijk was uw broer erg dom en ijdel, verstoken van echt gevoel. Wat ik ook deed om in hem iets wakker te maken van de wil tot... strijdbare heiligheid... ik gebruik die woorden tóch, al noemt u ze hoogdravend... hij begreep er niets van. Ik heb op alle mogelijke manieren geprobeerd, jarenlang, een vonk te slaan uit... uit dat materiaal. Maar de jongen had geen flauwe notie van wat ik bedoelde. Hij kon het kwaad niet overwinnen, hij raakte eraan verslaafd. Hij had de mentaliteit van een luie kantoorbediende. Vrije tijd, luxe, vertier, bevrediging van zijn kleine verlangens... méér wilde hij niet.'

'Maar waarom heeft u Andries niet losgelaten toen u merkte dat hij niet aan uw verwachtingen beantwoordde? Het was dan misschien nog mogelijk geweest hem te redden, hem in het rechte spoor te leiden...'

'Ach, dat denkt u.' Edmond sloot zijn ogen, schudde het hoofd, een toonbeeld van droefenis. 'En uw "rechte spoor"... wat is dat? En wie had hem dat moeten wijzen? U soms? Ik wilde niets liever dan Andries loslaten. Hij was me een blok aan het been, een last die mij verschrikkelijk ging hinderen. De kwestie is dat ik hem niet kón kwijtraken. Hij wilde niet van mij weg.'

Nu had ik een troef uit te spelen. 'Dat is gelogen!' riep ik. 'Ik weet dat hij diep ongelukkig was. Hij was bang voor u. Hij haatte u!'

'Wat hebt u zijn gedrag verkeerd geïnterpreteerd...' Edmond zuchtte, streek over zijn gezicht, als om iets weg te vagen. 'Zijn gebondenheid aan mij werd steeds groter, juist omdat ik zijn ziekelijke gevoelens niet beantwoordde. Hij legde alles verkeerd uit, zowel mijn belangstelling en zorg in het begin als mijn onverschilligheid, afkeer zelfs, later. Hij bleef ver beneden het niveau dat voor mij voorwaarde is. Hij was ook erg jaloers en achterdochtig. In jonge mensen die mij potentiële vrienden en leerlingen leken, zag hij dadelijk mededingers naar wat hij mijn "gunsten" beliefde te noemen. Hij probeerde mij te winnen met geschenken en genegenheidsbetuigingen van zielige banaliteit. Hij knoopte relaties aan met anderen om mijn afgunst op te wekken, vaak ook bracht hij zijn vrienden bij mij in de hoop mij een plezier te doen... alsof ik ooit in het tuig waarmee hij omging had kunnen vinden wat ik zoek! Het is een paar maal tussen ons tot een breuk gekomen, maar hij kwam steeds terug, altijd bereid tot nog grotere zelfvernedering. Ik heb hem niet met zachtheid behandeld.'

Buiten ruiste de regen op het plaveisel. Van tijd tot tijd lichtte alles nog op in witte gloed, maar de donderslagen klonken verder weg. In de koele tochtstroom kwam ik weer tot mezelf. Ik keek naar Edmond die, blijkbaar in gedachten verdiept, voor mij was blijven staan. Hij hield zijn ogen neergeslagen. Tussen zijn wimpers zag ik nog een glimp van zijn doffe, donkere blik. 'Ik weet het,' zei ik. 'Ik heb gezien hoe Andries eraan toe was.'

'Hij is zich tenslotte gaan verbeelden dat ik van hem een misdadiger wilde maken... zoiets als u daarnet suggereerde: de volmaakte schurk. Misschien heeft hij dáárom, in een laatste poging om mijn goedkeuring af te dwingen, een paar bijzonder smerige streken uitgehaald. Wat u gehoord hebt is het ergste niet. Er zijn andere dingen geweest. Ik zou... maar nee, waar is dat goed voor. Hij heeft toen, tegen het einde van de oorlog, een tijdje op zichzelf gewoond. Maar plotseling begon hij mij weer lastig te vallen...'

'Juist!' riep ik, opspringend. 'En toen hebt u mijn broer aangegeven... anoniem... om van hem af te komen. Hij kon zijn onschuld niet bewijzen. Hij was zo geraffineerd klemgezet dat hij geen andere uitweg meer zag dan zelfmoord...'

'Ik heb hem alleen een laatste kans willen geven, geloof me toch,' zei Edmond op treurige toon. 'De zeldzame, suprême kans op heiligheid, als de nood het hoogst is. Maar het heeft niet geholpen.'

Pas op dat ogenblik werd ik mij ten volle bewust van de omvang van het gevaar. Dat inzicht gaf me kracht.

'Het zal u niet lukken indruk op mij te maken met uw leugens en lasterpraat. Voor Andries kan ik niets meer doen. Ik ben hier in de eerste plaats om mijn neefje. Hebt u nu hém uitgekozen om uw theorieën in praktijk te brengen?'

Edmond glimlachte, met vochtige ogen. 'De kleine jongen heeft karakter. Misschien hebt ú daar de basis voor gelegd? Ik vind hem voor een kind van die leeftijd ook opvallend intelligent. Ik stel hem op de proef – ervaring heeft me geleerd voorzichtig te zijn – maar ik ben in hem nog geen enkele maal teleurgesteld geweest.'

'Ik verbied u ooit nog een woord met hem te spreken. Hij mag u niet meer zien!'

Edmond schrok, er was geen twijfel mogelijk. 'Wat zegt u daar nu? Beseft u werkelijk niet dat ik alleen maar zijn belang op het oog heb? Ik kan het kind in aanraking brengen met zaken die anders onbereikbaar voor hem zouden blijven. Hem bijvoorbeeld een kans geven om tijdig te ontsnappen aan de verstikkende kleinburgerlijkheid van dit land. Laat hem toch geen provinciale geest worden! Er schuilt zoveel rijkdom in de kleine kerel. Die mogelijkheden tot ontplooiing te brengen, dat kan niet voorzichtig genoeg gebeuren. Hij heeft niemand...'

'Ik ben er toch!' riep ik.

'Ik wil niet beweren dat u niet naar beste weten voor hem zorgt. Maar hij heeft iets heel anders nodig en dat kunt u hem niet geven.'

'Ik zal alles doen wat ik maar kan om hem tegen uw invloed te beschermen...'

Edmond drukte zijn handpalmen tegen elkaar. 'Luister alstublieft. Waarom denkt u dat ik u al die dingen verteld heb? Ik hoopte dat ik uw vertrouwen zou winnen. U houdt van de jongen, u wilt hem gelukkig zien. Mag ik op mijn manier óók voor hem zorgen? Ik zou hem zo graag ooit eens mijn geestelijke zoon noemen, *die leeft door mij*. Dat moet u toch kunnen begrijpen. Ik weet wel hoe u bent, hoe u zich voelt. Ik ken uw gemis. Misschien is er zelfs overeenkomst tussen ons.'

Die zachte, insinuerende stem moest ik overschreeuwen. 'Nooit! Nooit van zijn leven! Waag het niet nog eens contact met het kind te zoeken!'

'U vergeet de kleine jongen zelf,' zei Edmond. 'Hij is aan mij gehecht. Als hij uit eigen beweging naar mij toe komt...'

Hij haalde zijn schouders op en keek mij met wijdopen ogen strak aan. In die blik las ik een uitdaging. Was hij zo zeker van zijn macht?

'Dat zal hij níet. Ik let op. Ik neem maatregelen...'

'Ach, wat jammer, wat een hopeloze ellende toch,' zei hij, mij in de rede vallend. 'U beseft niet wat u kapotmaakt.'

'Ik weet het heel goed, en ik doe het van ganser harte.' Terwijl ik naar de deur liep, hoorde ik achter mij nog zijn stem, zacht, met dringende klank, maar ik wilde niet langer naar hem luisteren. Op het donkere portaaltje botste ik tegen Edmonds moeder op. Zij stond daar met de kat in haar armen. 'Hij is zo bang voor onweer,' zei zij schichtig, verontschuldigend. Natuurlijk had zij geluisterd.

Edmond volgde mij naar beneden. 'Het regent nog, u zult kletsnat worden!'

Bij het licht dat uit de achterkamer scheen morrelde ik aan de winkeldeur. Er brandden nu lampjes onder enkele heiligenbeelden.

'Blijf toch even!' riep Edmond. 'Bent u dan niet voor rede vatbaar?' Ik was al buiten. De regenvlagen onderging ik als een weldaad.

De herinnering aan dit gesprek liet mij niet met rust. Steeds herhaalde ik in gedachten wat Edmond gezegd had en iedere keer ontdekte ik nieuwe dubbelzinnigheden. Mijn neefje had stil geluisterd naar mijn waarschuwingen. Maar ik kon heel goed merken dat die zijn innerlijk verzet tegen mij alleen maar deden toenemen. Ik liep voortaan met hem mee naar school en weer terug. Tijdens het speelkwartier stond ik voor het raam in de koffiekamer om het plein in het oog te kunnen houden. Maar Edmond vertoonde zich niet meer bij het hek of in de straten in de buurt. Ik was er bijna zeker van dat het kind en hij elkaar na mijn bezoek geen enkele keer hadden kunnen ontmoeten. Bijna zeker. Ik kon tenslotte niet vierentwintig uur per etmaal op wacht staan. Ook wilde ik de jongen niet alle bewegingsvrijheid ontnemen. Onze verhouding was nu gespannen. Hij praatte niet uit zichzelf tegen mij, gaf alleen antwoord als ik iets vroeg. Ik moest hem voortdurend achter de broek zitten inzake huishoudelijke taakjes en regels waarover wij vroeger nooit moeilijkheden hadden gehad. Toch kon ik niet zeggen dat hij opzettelijk zijn kleren en speelgoed liet slingeren, en deed alsof hij de kleine opdrachten die ik hem gaf vergeten was. Veeleer maakte hij een lusteloze indruk. In de klas lette hij niet meer op. Om hem te helpen hield ik mij geleidelijk wat meer op een afstand. Ik hoopte dat mijn bezorgdheid ongegrond zou blijken. Maar telkens waren er verontrustende kleinigheden. In tegenstelling tot vroeger keek mijn neefje mij nooit meer recht in de ogen. Als hij verslag uitbracht van wat hij buiten mijn gezichtskring had gedaan, vond ik hem wat al te nauwkeurig. Moest ik anderen inschakelen, de kinderen van zijn klas uithoren? Als hij werkelijk achter mijn rug om contact met Edmond had, zou er wel voor gezorgd zijn dat hij zich niet kon laten betrappen.

De jongen begon er slecht uit te zien. Vaak lag ik 's nachts wakker. Op een keer meende ik geluid in zijn kamertje te horen. Na enig aarzelen ging ik toch maar naar hem toe. Hij stond in zijn pyjama, op blote voeten, bij het open raam. Ik zag zijn silhouet tegen de lichte sterrenhemel. Toen ik vroeg wat hij daar deed, zei hij alleen dat hij water was gaan drinken.

'Ik hoor je al een hele tijd. Waar kijk je naar?' Ik wierp een blik naar buiten. Er was niets te zien in onze achtertuin, behalve de donkere massa van de struiken langs de schutting en de twee populieren. Ik legde mijn hand in zijn smalle nekje, om hem met zachte drang weer naar zijn bed te krijgen. Tot mijn schrik begon hij plotseling te huilen. Hij dook onder mijn arm door. 'Ga weg, ga weg!' hoorde ik hem even later gesmoord vanonder de dekens roepen. Ik bleef nog een tijdlang in het donker bij het voeteneind van zijn bed staan, maar ik durfde het snikkende kind niet meer aan te raken.

Na veel tweestrijd besloot ik mijn neefje naar kostschool te sturen. Ik koos zorgvuldig, uit de beste adressen die ik vinden kon. Mijn zuster, geheel in beslag genomen door haar nieuwe bestaan, liet alles aan mij over. Als reden voor de verandering gaf ik op: gebrek aan goede mannelijke leiding en aan omgang met leeftijdsgenoten. De jongen zelf reageerde niet of nauwelijks. Maar toen ik een dag met hem naar het instituut reisde om hem kennis te laten maken, zag ik toch een glimp van belangstelling in zijn ogen voor de grote tuin, de pony's, de kamers met hun vrolijke kleuren. Zo vertrok hij dan voorgoed. In huis leek alles anders geworden. Mijn vader begon te sukkelen, bracht het grootste deel van de dag in bed door. Ik deed mijn werk zo goed als ik kon, maar er lag een schaduw over mijn leven. Ik had mijn doel verloren. Dat was de schuld van Edmond. Hij was geen ogenblik uit mijn gedachten. Steeds voelde ik zijn aanwezigheid in de stad als een rotte plek, een haard van infectie. Dat ik hem nergens tegenkwam betekende niet dat hij met zijn oude gewoonten gebroken had. Ik was er zeker van dat hij zijn werkterrein verlegd had naar andere scholen. Wat kon ik doen? Ik ben begonnen met kinderen op straat te waarschuwen en hun te vragen of zij 'meneer' ooit hadden ontmoet. Zij leken te verlegen of te zeer overrompeld om op mijn woorden in te gaan. Maar het is ook mogelijk dat zij – net als mijn neefje – al op hun hoede waren tegenover mij. Steeds vaker liepen ze hard weg wanneer ze mij zagen aankomen. Toen ben ik brieven gaan schrijven aan schoolhoofden en onderwijzers. Voorzover ik reacties kreeg kwamen die allemaal op hetzelfde neer: niemand had ooit iets gemerkt, er waren ook nooit klachten geweest. Uit rooms-katholieke kring kwam zelfs een formele terechtwijzing: Edmond stond goed aangeschreven, hij gold als een deskundige op het gebied van kerkelijke kunst. Ik moest mij vergissen.

Omstreeks diezelfde tijd liet het hoofd van mijn school mij bij zich komen. Ik zag dadelijk dat hij meende met een overspannen mens te doen te hebben. Mede namens collega's sprak hij me vriendelijk sussend toe. Ik moest mij niet zo bezorgd maken om het lot van kinderen dat ik hun angst aanjoeg, dat kon immers nooit mijn bedoeling zijn? Wat betreft de persoon over wie ik het steeds weer had, er viel niets op hem aan te merken. Autoriteiten in onze woonplaats – en daar niet alleen – vonden mijn toespelingen bijzonder pijnlijk. Wilde ik niet eens een paar weken naar buiten, de bossen in, om wat rust te nemen? Ik kon meteen zes weken ziekteverlof krijgen. Ik had daar niet om gevraagd, wij zaten vlak voor de toelatingsexamens. Het hoofd wuifde mijn protesten weg. Ik wond mij nogal op tijdens dat onderhoud. De volgende dag vond ik een brief in de bus, dat ik niet voor het einde van de grote vakantie op school werd terugverwacht.

Alleen binnen de muren van mijn huis, in de omheinde tuin, kon ik mijzelf zijn. Als ik behoefte voelde hardop te praten over wat me beklemde, vormde vaders aanwezigheid geen belemmering; hij luisterde toch niet. Naarmate ik eenzamer werd, klonk het ruisen van de twee populieren boven de schutting mij steeds vertrouwder in de oren. Al verstond ik de taal van de wind in de bladeren niet, ik hoorde er een aansporing in. Ik moest volhouden.

Ik wandelde die zomer veel door de in bleek zonlicht dommelende straten van onze stad. Meestal zocht ik de singels op, smalle donkergroene waterspiegels in de schaduw van twee rijen bomen. Ik zat dan een poos op een bank te kijken naar spelende kinderen, en naar de duiven die heen en weer vlogen van de kerktoren naar het wandelpad langs het water, waar ze door de voorbijgangers gevoerd werden. Ik dacht veel aan mijn neefje. Ik hoopte dat hij het naar zijn zin had in deze vakantie, die hij – omdat hij geen 'thuis' had – mocht doorbrengen op de bij de kostschool behorende boerderij.

Op een namiddag liep ik terug naar huis door het oude stadsgedeelte. Eén zijde van de kerk stond in de steigers: voor de oorlog begonnen herstelwerkzaamheden werden eindelijk voortgezet. In de krant had ik iets gelezen over een muurschildering die ontdekt zou zijn onder vele lagen kalk in de zogenaamde Latijnse School, een smal, vervallen (en daarom al zolang als ik mij kon herinneren ontoegankelijk verklaard) gebouwtje van drie verdiepingen achter de kerk. Dat laatgotische huis had mijn verbeelding altijd geprikkeld. Achter de met luiken gesloten boogvensters zag ik in gedachten taferelen zoals die op oude prenten: jongens staande achter hun lessenaars en voor de klas de magister met roede en plak.

Het was stil bij de kerk, de werklui waren al weg. Onder de stellages door ging ik via de openstaande zijdeur naar binnen. In het schip van de kerk lagen balken en stenen opgestapeld. De oude zerken met hun blazoenen en huismerken gingen schuil onder puin. Tijdens een beeldenstorm in de zestiende eeuw zijn de oorspronkelijke gebrandschilderde glazen en andere versieringen vernield. De vensters bestaan tegenwoordig uit vierkante witte of groenachtige ruitjes. De heiligen, die op sokkels tegen de pilaren tronen, en de kruisweg vertonen alle kenmerken van slechte romantiek. De zijkapellen had men ontruimd; blijkbaar deed de kerk voor de duur van de verbouwing geen dienst. De gordijnen van de biechthokjes waren grijs van het stof. Ik stapte over hopen gruis en zakken cement naar de hoge, kooiachtige steiger die links van het hoofdaltaar was opgetrokken. Daar bleek de muur tussen de kerk en de Latijnse School vrijwel in zijn geheel gesloopt te zijn. Tussen de stangen en stutten door zag ik de over drie verdiepingen gapende opening. Helemaal boven had men een platform aangebracht. Daarop stonden twee mannen. In een van hen herkende ik de conservator van onze plaatselijke Kamer van Oudheden (de ander bleek later de koster te zijn). Ik riep een groet; zij draaiden zich om en keken naar beneden. De conservator wist van mijn liefhebberij in kunstgeschiedenis. Als ik in het kleine museum kwam, maakten wij meestal een praatje. Hij wees mij bijzonderheden, die ikzelf niet gauw ontdekt zou hebben. Ook had hij mij herhaaldelijk boeken geleend. Ik hoefde niet eens te vragen of ik de pas ontdekte muurschildering mocht bekijken. De koster daalde een eind de haaks op elkaar geplaatste ladders af om mij zo nodig een hand toe te steken. Vermoedelijk was ik de eerste van de 'gewone' burgers die het fresco te zien kreeg. Altijd wanneer ik aan dat ogenblik terugdenk, overvalt me een gevoel van verbijstering.

Een gedeelte van de achtermuur was met een glazen plaat afgedekt. De conservator hield een heel verhaal: de schildering, tempera op kalk, vrijwel zeker daterend uit de vroege zestiende eeuw, verried Italiaanse invloed. Mogelijk was het zelfs een werk van een artiest uit de Venetiaanse School. Grote gedeelten van het fresco, met name de hoekpartijen, moesten nog blootgelegd worden, maar de voorstelling was toch al duidelijk herkenbaar...

Ik was met stomheid geslagen. Zagen die twee dan niet wat ík zag? In de kleurvlakken die de conservator aanwees – verbleekt blauwgroen, sepia, terracotta – onderscheidde ik inderdaad gezichten, lichamen. Maar níet het allegorische tafereel dat mij beschreven werd: de magister die een rij scholieren opwaarts dirigeert langs het steile pad van deugd en vlijt. '"Per aspera ad astra!" Ziet u wel?' zei de conservator, 'of zoals het heet in oude archiefstukken betreffende de School: "de Donatum ende vandaer opwaert". De magister is hier de verpersoonlijking van de zogenaamde donaat, de Latijnse grammatica. Kijk, hij houdt de roede geheven...'

Ik kon niet aannemen dat die beminnelijke oude heer opzettelijk dubbelzinnigheden debiteerde. Ook de koster leek zich van geen kwaad bewust. Het bloed steeg me naar het hoofd. Ik had wel eens iets gelezen over obscene fresco's in Pompeï, die alleen aan mannelijke bezoekers worden getoond. Wat ik in de Latijnse School voor ogen had, was zeker niet minder grof. Maar dat niet alleen! De 'magister' had het uiterlijk van Edmond. Dezelfde zoetelijke bedroefde glimlach om de mond, hetzelfde onbeweeglijke loeren vanuit halfgeloken ogen. Ik herkende ook het haast devote gebaar van de hand 'die de roede geheven hield'. Aan weerszijden van het voorhoofd waren er oneffenheden of verkleuringen, te symmetrisch om toeval te zijn.

'De mannetjes op de luchtboog!' riep ik uit. Er was voor mij geen twijfel mogelijk. In de buitelingen van de diagonaalsgewijze opstijgende stroom van homunculi, daar op het fresco, vond ik de verklaring voor wat mij altijd onduidelijk gebleven was in de standen van de stenen figuren bovenop de kerk. Het was alsof ik de stem van mijn neefje hoorde: 'Wat doen die mannetjes toch? Hoeveel zijn het er?'

Naast mij stond de conservator ijverig te betogen dat hij geen enkele overeenkomst zag en dat elk verband hem trouwens hoogst onwaarschijnlijk leek, omdat de groteskenop de luchtboog minstens honderd jaar ouder waren dan de Latijnse School. De schilder van het fresco zou bepaald niet op het dak geklommen zijn om die figuren tot voorbeeld te nemen. Terwijl hij dat zei, bedacht ik dat zoiets ook helemaal niet nodig was geweest. Om modellen te vinden had de onbekende artiest maar hoeven af te dalen naar een van de lage huisjes aan de andere kant van de kerkmuur... Plotseling werd ik mij ervan bewust wat dit betekende: iets ongelooflijks, onmogelijks, maar niettemin werkelijkheid. Voorovergebogen tuurde ik naar de muurschildering. Vier eeuwen geleden had iemand – wie, waarvandaan? – hier op een ongehoord gedurfde manier de Boze en zijn kroost afgebeeld. '*Die leeft door mij*'. Ondanks mijzelf was ik even getroffen geweest door de smekende klank van Edmonds stem toen hij die woorden sprak. Daar op de stellage in de Latijnse School begreep ik opeens heel goed wat hij bedoeld had. Hoeveel 'zoons' zijn er in de loop der tijden door hem gevormd? Was de schilder een van hen? Hij heeft het kleed van de magister met rode verf bestreken en rondom zijn voeten onduidelijke donkere vormen geschetst. 'Rotsen van de steile berg van wetenschap!' zei de conservator. 'Erg beschadigd en verbleekt helaas, maar in het grillige lijnenspel herkent men in elk geval een geliefkoosd thema van de Italiaanse renaissance.'

Ik zag alleen maar hoe de gehate gestalte oprees uit vuur en rookwolken. En naarmate ik langer keek, onderscheidde ik ook de kronkels en schubben van een reusachtig, opgerold slangenlijf.

'Wat zo bijzonder aardig is,' vervolgde de conservator, steeds wijzend, 'kijk: de leerlingen lijken te klimmen, te klauteren, maar men kan zich ook voorstellen dat zij fladderen of zweven, dat de meester hen bij wijze van spreken van zijn hand laat opvliegen als een zwerm duiven... Wat een humor en fantasie om de noodzakelijke discipline aanvaardbaar te maken!'

Ik kon mijn oren niet geloven. De koster knikte vergenoegd en veegde met zijn mouw wat stof van de glasplaat opdat ik beter zou kunnen zien. Hoe moest ik hun aan het verstand brengen dat zij met blindheid geslagen waren?

Ik schreef aan burgemeester en wethouders en aan de pastoor. Zorgvuldig zette ik uiteen wat ik had waargenomen, wat ik wíst. Ik maakte ook – voor het eerst – melding van wat er met mijn broer Andries was gebeurd. Op spoedig antwoord rekende ik niet. Het was de tijd van de zomervakanties. Ik hoopte dat men mij later persoonlijk zou willen horen. Als het maar zover kwam dat de mensen zich bewust werden van het gevaar.

Op een stille zondagmiddag – vader lag te slapen in een tuinstoel, daar waar de populieren schaduw wierpen op het plaatsje – ging plotseling de bel. Toen ik de voordeur opendeed keek ik in het gezicht van Edmond. Voor ik iets kon zeggen liep hij langs mij heen naar binnen, de nooit meer gebruikte voorkamer in. Evenmin als de vorige maal, bij hém thuis, wisselden wij beleefdheidsfrasen. Ik bood hem geen stoel aan. Hij leunde tegen de schoorsteenmantel, ik bleef, zo ver mogelijk van hem vandaan, bij de deur staan. Door de spleet tussen de halfgesloten overgordijnen vielen banen zonlicht, waarin stofjes trilden. Van de straat drong geen geluid tot ons door. Ook bij deze ontmoeting schenen wij ons buiten de gewone werkelijkheid te bevinden.

'Wat wilt u?' vroeg ik. Het liefst had ik hem niet aangekeken, maar ik moest wel. Hij droeg zijn smartelijke donkere blik als een flatterend kledingstuk.

'Dat weet u heel goed,' zei hij zacht. Het had geen zin te ontkennen.

'Ik heb het een en ander gehoord... U bent indiscreet geweest. Het gesprek dat wij een paar maanden geleden gevoerd hebben was strikt vertrouwelijk. U hebt er niets van begrepen, óf u hebt mijn woorden opzettelijk verdraaid. Wij hadden het over de genegenheid die ik voor uw neefje voel... een vriendschap waarin u niets anders kunt zien dan ziekelijke voorkeur, en die u verstoord hebt door de kleine jongen weg te sturen. Ik mis hem zo.'

'Dat zal wel,' zei ik schamper. 'Gelukkig is hij nu buiten het bereik van die vriendschap van u.'

Ik zag hoe zijn hand zich krampachtig sloot om de knop van zijn wandelstok. De knokkels schemerden wit door de huid. Maar zijn stem bleef kalm.

'Uw sarcasme is misplaatst. U bent de laatste van wie ik een dergelijke reactie verwacht had. Na alles wat ik voor Andries gedaan heb... Tien jaar van mijn leven heb ik aan die jongen gegeven. Wat hij wist, wat hij kon, had hij aan mij te danken.'

Ik was zo verbluft door die brutaliteit dat ik geen woord kon uitbrengen.

'En nu gaat u, die beter dan wie anders ook kunt beoordelen met hoeveel zorg en tact ik zo'n jeugdige geest benader, het gerucht verspreiden dat ik gevaarlijk ben voor kinderen. Als het niet zo belachelijk was, zou ik er heel boos of treurig om zijn. Nu troost ik me maar met de gedachte dat hetzelfde ook over Socrates werd verteld. Ik ben in goed gezelschap.'

Hij keek mij hoofdschuddend aan, met een toegeeflijke glimlach. 'Het onderwijs in dit land is helaas nog te veel gebaseerd op uit het hoofd leren, terwijl het juist aankomt op werkelijk begrijpen. Ik heb de tijd om geduldig te zijn. Wat schuilt er voor verkeerds in met spelletjes en grapjes kinderen te helpen de leerstof uit hun schoolboeken te verwerken? Of om jonge mensen met speciale gaven en mogelijkheden leiding te geven bij hun bewustwording? U wéét het, ik heb het u verteld.'

Ik vond mijn stem terug. 'U liegt!' riep ik. 'Dáár is het u helemaal niet om te doen! U hebt het gehad over zonde, over het kwaad, over de ware heiligheid die u wilde aankweken in uw leerlingen!'

'Hoe komt u daarbij?' vroeg Edmond op een toon van uiterste verbazing. 'Wanneer heb ik zoiets gezegd? Heiligheid, zonde? Ik gebruik dergelijke woorden nooit. Dat klinkt als een typisch calvinistische obsessie.'

Zijn aplomb bracht mij van mijn stuk. Bijna ging ik twijfelen aan de juistheid van mijn waarnemingen. De man in het lichte zomerkostuum met zijn wat opzichtige tweekleurige linnen schoenen die tegen de schoorsteenmantel geleund stond, leek een ander dan degene die ik op de bewuste onweersavond in zijn eigen huis had opgezocht. Zijn gebrek viel niet op in het goed gesneden pak. Een donkerrode foulard, die hij losjes om zijn hals geknoopt droeg (de herinnering aan Andries schoot door mij heen als pijn), bracht wat kleur op zijn gezicht. Maar in zijn blik was hij zichzelf gebleven. Achter de gespeelde verbazing, de gehuichelde treurigheid, zag ik in die ogen het onbeweeglijke, loerende, de weerspiegeling van Edmonds ware aard. Haastig, struikelend over mijn woorden – ik wilde hem niet de kans geven mij in de rede te vallen – herhaalde ik wat hij in de kamer boven het winkeltje tegen mij had gezegd. Maar hij deed geen enkele poging mij in de rede te vallen. Hij bleef mij strak aankijken, trok alleen zijn wenkbrauwen op.

'Maar dat is waanzin,' zei hij, toen ik zweeg. 'Ik begrijp niet waar u dat allemaal vandaan haalt. Het onweer moet u in de war gebracht hebben. Misschien had ik zoiets kunnen verwachten. Natuurlijk was ik allang op de hoogte van... nu ja.' Hij zuchtte en maakte een beweging alsof hij een lastige vlieg wegsloeg. 'Een onderhoud dat ik onlangs met het hoofd van uw school heb gehad – een heel prettig gesprek, tussen twee haakjes – heeft bepaalde vermoedens van mij bevestigd. Maar daar wil ik het nu niet over hebben.'

Ik kon het niet helpen, ik moest lachen. Ik luisterde zelf verbaasd naar dat geluid. Het was alsof ik een ander hoorde, alsof een vreemde zich uitte met behulp van mijn lichaam, mijn stem. Edmond verroerde zich niet. Hij wachtte, zonder zijn blik van mij af te wenden. 'Ik ben eerst van plan geweest maatregelen te nemen,' zei hij toen ik mijzelf weer in bedwang had. 'Ik heb erover gedacht een aanklacht tegen u in te dienen, wegens laster, smaad, hoe heet dat... U hebt mijn naam genoemd in verband met de omstandigheden die tot Andries' arrestatie hebben geleid. U moet beseffen dat ik iedere verdachtmaking in die richting zonder pardon zal laten vervolgen. Ik wil het u niet moeilijk maken... uit sympathie voor de kleine jongen... Maar ik verwacht wél dat u uw onzinnige beweringen zult terugnemen.'

Ik slaagde erin mijn rechterarm op te heffen, mijn hand wijzend naar hem uit te strekken. 'U bent dus bang geworden. U wilt zich veiligstellen. Maar dat zal u niet lukken. Ik weet immers wie u bent. Andries heeft het óók geweten. Nu pas begrijp ik wat hij bedoelde. Denk maar niet dat u vrijuit gaat omdat de mensen niet meer geloven dat u bestaat. Wat Andries niet kon, zal ík doen: de slang vertrappen, de draak verslaan. Ík durf u wél bij uw naam te noemen...'

Weer dat meewarige hoofdschudden, met gesloten ogen ditmaal.

'Waar hebt u het toch over,' zei Edmond op moedeloze toon.

'De schilder die dat fresco in de Latijnse School gemaakt heeft, kende u óók. Hij is een meester geweest in dubbelzinnigheid. Veel mensen zullen wel afgaan op hun eerste oppervlakkige indruk, zoals ze zich blijkbaar ook steeds laten misleiden door uw zogenaamd correcte optreden. Maar voor wie ogen heeft om te zien is het zonneklaar.'

Nu had ik hem in het nauw gedreven. Hij had geen antwoord. Hij nam de zakdoek uit zijn borstzak en bette zijn voorhoofd. Zijn uitheems-elegante pak hing zo los en slobberig alsof er geen lichaam onder was. Ik moest plotseling denken aan de zwarte rok van zijn moeder. Die herinnering deed me pas goed de mateloze vreemdheid van het ogenblik beseffen. Tijd en ruimte leken uit hun verband gerukt. Naarmate het zwijgen langer duurde, ebde mijn gevoel van overwicht weg. Ik was er niet meer van overtuigd (zoals in het begin van ons gesprek) dat hij even bang was voor mij als ik voor hem.

'Dit is werkelijk ongelooflijk,' zei hij tenslotte binnensmonds tegen zichzelf. Even later vroeg hij of ik behalve hem ook anderen op de hoogte had gebracht van mijn ontdekking. Ik gaf dat toe en noemde de instanties aan welke ik brieven had gestuurd. Hij hield gedurende enkele ogenblikken zijn handen tegen zijn gezicht gedrukt. Het was duidelijk dat hij diepe verslagenheid wilde suggereren om mij in de war te brengen.

'Houdt u maar niet van den domme,' zei ik. 'Ga anders zelf

kijken om uw geheugen op te frissen.'

'Dat zal ik zeker doen,' antwoordde Edmond, steeds op die zachte, haast peinzende toon.

Op de schoorsteenmantel stond een ingelijste foto: ik, op de dag van mijn belijdenis. Mijn vader noemde het 'pronken', maar was gezwicht voor de wens van mijn moeder een aandenken te hebben. Ik draag mijn beste donkere jurk, lang en sluik, haast tot op de enkels, met witte kraag en manchetten. De fotograaf had gezicht en haren met de hand ingekleurd. Dat gaf me het opgemaakte uiterlijk van een pop. Vooral mijn haar was onnatuurlijk van tint, oranjeachtig. Ik heb in dat portret mijzelf nooit kunnen herkennen. Toen het gemaakt werd, was ik ongelukkig en opstandig. Na moeders dood was die foto in de voorkamer blijven staan, samen met andere vergeten prullen. Nu zag ik Edmond aandachtig kijken naar dat lelijke meisje van vroeger. Zijn blik maakte een reeks van pijnlijke herinneringen los. Ik hoorde hem zacht vragen: 'Kon u vroeger niet aardig zingen?'

Toen drong er iets tot mij door dat ik nooit eerder had beseft. 'Mademoiselle Venetia!' riep ik onwillekeurig. Het liefst was ik in tranen uitgebarsten. Edmond knikte een paar maal en zette het portret weer op zijn plaats. Hij liep naar mij toe.

'Ik wil dat u me zelf aanwijst wat u meent gezien te hebben op die wandschildering. Kinderen gaan u ter harte, dat waardeer ik, daar heb ik alle begrip voor. Juist in het belang van die kinderen, die u zo graag zou willen beschermen, vraag ik u om nu dadelijk... of straks... maar alstublieft zo gauw mogelijk... met mij naar het fresco te komen kijken. Ter wille van de kinderen, ter wille van al die kleine jongens...'

Natuurlijk had ik aan een valstrik moeten denken. Maar met zijn dringende, inpalmende praten over het welzijn van kinderen scheen hij de mogelijkheid van een transactie aan te duiden. Het was even alsof het ging om iets dat alleen tussen hem en mij afgehandeld zou kunnen worden. Gezien de positie die ik vanaf het begin ten opzichte van hem had ingenomen, vond ik die gang van zaken niet vreemd. Integendeel, ik beschouwde het als mijn persoonlijke opgave hem te confronteren met de muurschildering in de Latijnse School. Als er iemand getuige diende te zijn van het ogenblik waarop Edmond kleur zou moeten bekennen, was ík dat immers. Nog geschokt door wat mij in verband met dat portret van lang geleden plotseling duidelijk was geworden, liet ik me overhalen nog voor diezelfde avond een afspraak te maken. Ik bezweek voor de verleiding voorzienigheid te kunnen spelen, op eigen kracht een kosmisch gevaar af te wenden. Dat was hoogmoed. Daarvoor ben ik dan ook op de meest dubbelzinnige, waarlijk duivelse manier ten val gebracht.

Edmond verdween even snel als hij gekomen was. Hij schoof langs mij heen de gang in en was de voordeur al uit eer ik een beweging had kunnen maken. Toen hij weg was, kon ik mij niet voorstellen dat hij er ooit was geweest. Van zijn bezoek waren alleen mijn eigen steeds wisselende stemmingen en tegenstrijdige gevoelens mij bijgebleven. Ik stond een tijdlang doodstil op die plek bij de open deur van de voorkamer. Het was alsof een stolp die alles bedekt had was opgetild. Ik hoorde de gewone geluiden, het tikken van de gangklok, het ritselen van vliegen tussen ruit en gordijn, en af en toe voetstappen van voorbijgangers in de straat. De vroegere 'zondagse' kamer van mijn moeder was nu kaal en stoffig. Mijn zuster had de beste meubels weggehaald. Ik sloot de deur weer, die vaak in weken niet geopend werd.

Mijn vader lag nog steeds te slapen, scheefgezakt in zijn stoel. De wind was opgestoken, de bladeren van de populieren schitterden tegen de blauwe lucht. IJle stemmetjes gniffelden en sisten.

Toen ik het pleintje achter de kerk overstak, kwam Edmonds moeder uit haar winkel naar buiten. Blijkbaar had zij naar mij uitgekeken. In het licht van de zomeravond leek zij meer dan ooit op een bundel oude lappen.

'Mijn zoon is al in de kerk,' zei zij snel en zacht. 'Hij heeft de sleutel bij de koster gehaald.' Zij hield haar ogen neergeslagen. Omdat ik de indruk had dat zij nog iets wilde zeggen, bleef ik wachten. Van dichtbij zag ik de huid van haar gezicht, dof en vaal als bestofte waskaarsen. Haar pruik was bij de scheiding groenachtig verkleurd. Haar lippen bewogen even, maar er kwam geen geluid. Schuw glipte zij het huis weer in. Van de etalage was alleen het onderste gedeelte zichtbaar. Een scherm van donkerblauw zeildoek was achter de ruit neergelaten om de uitgestalde beelden en borduursels voor verbleken te behoeden.

Ik liep om de kerk heen naar de zij-ingang. De deur stond op een kier. De chaos van balken en stenen was zo mogelijk nog groter dan de vorige keer. Hoog in de kooiachtige steiger, die tussen de drie overgebleven muren van de Latijnse School was opgetrokken, bewoog een lichte vlek. Edmond bevond zich al op het platform. Ook ik klom langs de drie ladders naar boven. Zodra de planken onder mijn voeten kraakten zei hij zonder zich om te draaien: 'Wat een teleurstelling! Ik had toch iets beters verwacht. De kwaliteit is pover. Een vroege poging tot maniërisme! Naïef, maar zonder zuiverheid. De meest primitieve middeleeuwer is altijd nog honderdmaal eerlijker en ontroerender dan zo'n epigoon uit de late Renaissance. Dat gefladder en gewapper, die geforceerde opwaartse spiraal! Het doet me denken aan een slecht schilderij dat in de Accademia in Venetië hangt. Van een anonymus. De Meester van de Neerdaling. Er is ook nog ergens een Annunciatie die aan hem wordt toegeschreven. De engel Gabriël, neerdalend in een stroom van wolken en vogels... De overeenkomst is te groot om toeval te zijn...'

'Ik ben hier niet gekomen voor een les in kunstgeschiedenis,' zei ik.

Edmond kwam naar mij toe en boog even. 'Dat is waar. Ik zou les krijgen van ú.'

Het fresco was nu geheel van kalkresten gereinigd. De voorstelling strekte zich uit over een oppervlakte van ongeveer drie vierkante meter. Daar was de magister, met een stok in zijn hand, en de schare jongens, klauterend over bolle rotsen of omhoogwiekend tussen wolken, wát precies viel niet uit te maken. Op een banderol onder de voeten van de meester stond in gotische letters: Donatus – Ars Maior – Ars Minor.

'Wat is er nu zo griezelig of obsceen?' vroeg Edmond met zijn zachtste stem. Ik kon niet antwoorden. Dit was een volstrekt andere schildering dan die ik een paar maanden tevoren had gezien. Ik beefde, om die perfidie waartegen ik machteloos bleek. Ik moest mij vastgrijpen aan een van de stangen van de steiger om niet door mijn knieën te zakken. Edmond beschreef met beide handen wijde bogen over de beschermende glasplaat: 'Als het de Meester van de Neerdaling níét is, dan toch zeker wel iemand uit dezelfde school. Meer valt er niet over te zeggen. Maar geen sterveling kan hier iets kwaads van leren. Wanneer u vindt van wel, leg dat dan uit.'

Het leek alsof hij met iedere beweging méér uitwiste, méér vertroebelde. Ik zag wat hij aanwees, en inderdaad niets anders dan dat. Zijn gedempte maar dwingende manier van praten spon mij in. Ik begreep dat als ik mij niet te weer stelde deze ontmoeting zou eindigen met mijn nederlaag. Ik zou moeten erkennen dat er op het fresco, zoals ik dat nu voor ogen had, geen sprake was van een scabreuze of godslasterlijke voorstelling. En Edmond zou daar ongetwijfeld ruchtbaarheid aan geven, 'ter wille van kinderen', om zijn eigen woorden aan te halen, 'ter wille van kleine jongens'. Het element dat hun veiligheid bedreigde, was ík. Listig, onmerkbaar, had hij de rollen omgedraaid. Ik verloor mijn zelfbeheersing.

'Meester!' schreeuwde ik, 'jawel! Meester van de *Opstijging*, Meester van de Emporkömmlinge, de Streber, "und Morgen die ganze Welt"!' (Ik zag hem even ineenkrimpen bij die Duitse woorden.) Mijn stemklank weergalmde in de ruimte, echo's sprongen op tot in de verste uithoeken van de kerk. Edmond liep haastig naar het vierkante gat waar de ladder begon.

'Meester van inbrekers en dieven!' riep ik hem na. 'Sjacheraar in gestolen goed van vermoorde joden!'

Het was mijn mond uit eer ik het zelf besefte. Het was een ingeving geweest. Ik dacht aan het grachtenhuis vol kostbaar antiek, middenin de oorlog, en aan Andries' pijnlijke verwarring.

Edmond bleef staan en keerde zijn grauwbleke gezicht naar mij toe. In zijn ogen las ik dat ik juist geraden had.

'U bent gevaarlijk,' zei hij. 'Ze moeten u opsluiten.'

Het gevoel hem schaakmat te hebben gezet maakte mij overmoedig. 'Niet mij, maar u, ú!' riep ik. 'Het is tijd voor je "neerdaling", meester.'

Ik waande me bevrijd. Ik had immers in de roos geschoten. De rest was alleen nog maar een kwestie van onderzoek, verificatie.

Er versprong iets in zijn blik.

'Inderdaad, de Meester van de Neerdaling,' zei hij. Op zijn gezicht verscheen plotseling een triomfantelijke, haast kwajongensachtige glimlach. Terwijl hij mij strak bleef aankijken, deed hij drie, vier passen achteruit en stapte van de steiger af.

Zó heeft het zich toegedragen. Er waren geen getuigen. De koster, de conservator van het museum en het hoofd van mijn school, die de kerk binnen kwamen – naar later bleek door Edmond opgeroepen, natuurlijk om aanwezig te zijn wanneer ik mijn beweringen zou intrekken – vonden mij op het platform en hem op de stenen beneden. Niemand heeft mij willen geloven. Ik heb hem met geen vinger aangeraakt, ook niet bedreigd. Hij deed het zelf, hij wílde het doen. Hij wist welke gevolgen die daad voor mij zou hebben. Dat was zijn opzet ('U bent gevaarlijk. Ze moeten u opsluiten'). Toen ik later aandrong op onderzoek naar Edmonds oorlogsverleden, kreeg ik te horen dat hij boven iedere verdenking stond en dat mijn veronderstellingen alleen belastend waren voor mijzelf. Integendeel, hij had jongelui geholpen buiten de Arbeitseinsatz te blijven en bezittingen van ondergedoken joodse families onder zijn hoede genomen. Het was iedereen duidelijk – zo werd gezegd – dat ik gehandeld had in een vlaag van verstandsverbijstering, te verklaren, gedeeltelijk althans, uit erfelijke factoren, de druk van milieu en opvoeding, frustraties en vooral de spanningen tijdens de jaren van de Duitse bezetting. Wat mensen met wie ik in de oorlog te maken heb gehad in mondelinge en schriftelijke getuigenissen mijn 'inspanningen voor de goede zaak' noemden, werd nadrukkelijk als verzachtende omstandigheid aangevoerd.

De dag dat ik hier weg mag, is blijkbaar niet ver meer. Ze hebben me onlangs gezegd dat ze tevreden over mij waren. 'Aangepast' was het woord dat een paar maal viel. Niemand heeft mijn verhaal ter lezing gevraagd. Ik vermoed dat ze het beschouwen als een werkstuk behorend bij mijn studie in kunstgeschiedenis, die ik hier heb voortgezet. Ze zijn trots op mij, omdat ik mijzelf Italiaans heb geleerd. Ik heb, zeggen ze, altijd al een kalme indruk gemaakt, maar nu vinden ze mij 'evenwichtiger'. 'U zult geen gekke dingen meer doen.' Ze zeggen dat ik bij wijze van spreken nog een heel leven voor mij heb, om te werken, weer les te geven, te reizen, wat al niet.

Ik neem het voor kennisgeving aan. *Ik zeg niets*. Al schrijvend ben ik tot het inzicht gekomen, dat ik weer in de wereld moet zijn om de strijd voort te zetten, ter wille van de kinderen, ter wille van alle mensen die als kinderen zijn in hun onwetendheid en hulpeloosheid.

Alleen zal ik een andere strategie moeten bedenken. Want hoe kan gedood worden wat niet sterfelijk is? Ik ben er zeker van dat ik – wanneer ik hier als 'genezen' ontslagen ben – hém weer ergens zal tegenkomen, die zich de vorige maal Edmond heeft genoemd. Misschien moet ik hem gaan zoeken. Hoe hij zich ook vermomt, ik zal hem weten te vinden, als het ogenblik daar is.

De kooi

'Il n'y a pratiquement plus que dans la sous-littérature criminelle que la marquise ose encore sortir à 5 heures...'

B. Poirot-Delpech

Juist op het ogenblik dat zij het plein betraden, begonnen de middagklokken te luiden met metalen stemmen als van aartsengelen, en tienduizend duiven vlogen in zwermen omhoog in alle richtingen naar de daklijsten en balustrades boven de met schaduw gevulde galerijen. De zon stond in het zenit, de koepel van de kerk en de koperen engel op de campanile blonken vormeloos en verblindend. De mensen vormden een gekrioel van kleuren op het plaveisel, achter hen rezen in een waas van stofgoud en wit licht de colonnades en spitsbogen van het Dogenpaleis en de brosse, als uit schuim gespoten ornamenten op het timpaan van de San Marco. De gevleugelde leeuw op zijn zuil hield het Boek onder een van zijn voorklauwen. Op de tweelingpilaar versloeg de beschermheilige van Venetië een draak, op de wijze van Sint-Joris.

Zij hoorde de stem van haar man naast zich, maar zij verstond niet wat hij zei. Werktuiglijk keek zij langs zijn wijzend gestrekte arm. In de verte, aan de overkant van het water vol bonte scheepjes, zag zij in de hittenevel een torenspits. De klokken dreunden. Zij was in een stad van kleurkrijt, vol vervallen staatsie en geur van ontbinding, een commerciële stad, een gemaskerde stad, die in een glinsterend waas tussen zee en hemel zweefde. Zij had tot nog toe alleen maar gezien wat zij verwacht had te zullen vinden. Wat was er in werkelijkheid? Een ijle substantie in zeepbeltinten, die voor de duur van één blik, één voorbijgaan alle vormen kon aannemen.

Flessengroen, roerloos water in onbevaren zijkanalen. Gevels van huizen: roestbruin, schimmelgrijs, gelig als vuil ivoor. De vismarkt achter de Rialtobrug, met het gedrang van kopers en kijkers rondom kramen waar grote rozerode garnalen en bleekgeschubde vissen op bladeren uitgestald lagen. Een begrafenisgondel, met zwart behangen – op de kist een verzilverde palmtak –, in de vroege parelmoerkleurige ochtend uitvarend van het hospitaal naar het kerkhofeiland. Overal kerken, vol beelden en kaarsen, stoffige baldakijnen. Oude, kromme vrouwen, weggedoken in omslagdoeken met slepende franje, op sloffen schuifelend over boogbruggetjes. In stegen als kloven knaagden magere honden en katten aan afval. Hier, nu, op het reusachtige plein, waar de lucht trilde van het klokgelui, drong de dubbelzinnigheid zich nog verontrustender op. De portaalwachter van de basiliek, met zijn Napoleonsteek en witte handschoenen, stak staf en gespreide vingers afwerend uit naar luchtig geklede vrouwelijke toeristen. De vier gouden paarden uit Byzantium, bovenop die pronkberg van een kerk, fonkelden in het zonlicht. Van de kant van de lagune stak een warme middagwind op.

De duiven tripten alweer over de stenen toen zij tweeën voor een café aan de Piazzetta op dunne ijzeren klapstoelen gingen zitten.

'Heb je gezien dat het plein nét niet symmetrisch is, de galerijen lopen iets naar elkaar toe, een langgerekt trapezium, heel geraffineerd. Vandaar die indruk van enorme afmetingen...' zei híj.

'De kleuren...' begon zíj aarzelend.

'Natuurlijk, dat doet het licht, zon door zeedamp heen. Maar die architectuur! Het geheim schuilt in het ontwerp. Het is werkelijk iets heel bijzonders. Ik heb geen spijt van mijn besluit om toch nog maar een paar dagen te blijven.'

Zij wendde haar hoofd af en keek naar de voorbijgangers.

Een man met een misvormde rechterhand lokte kirrend een paar duiven. Twee lange, jongensachtige meisjes, of waren het langharige jongens, in strakke broeken die tot halverwege hun kuiten reikten, slenterden met de armen om elkaars middel nors en trots, zonder op- of omkijken, over de meandervormige figuren in het plaveisel.

Hij: 'Ik had geen zin meer, gisteren, na dat mislukte bezoek. Ik wil je wel zeggen dat ik ervoor bedank om daar nog eens naartoe te gaan.'

Zij: 'Je hebt het beloofd.'

'Ik heb niets beloofd. Jij hebt gezegd dat wij, als we konden, later wel eens...'

'Ik weet dat zij het graag wilde.'

'Dat is nog maar de vraag. Wist ze zelf wat ze zei? Ik geloof er niets van. Bij vol bewustzijn had ze nooit... Tenslotte hebben ze haar daar schandelijk behandeld. Een doodzieke oude vrouw gewoon de deur uit gezet. Je kon gisteren trouwens wel merken hoe onze komst op prijs werd gesteld. Wat je noemt een warme ontvangst! Dat is dan zeker de stijl van de Venetiaanse aristocratie. Ik pas.'

'La marquise est sortie à cinq heures,' had de huisknecht gezegd, terwijl hij de verveloze deurvleugels voor hen openhield. Zij keek verrast lachend op naar haar man, maar zag onmiddellijk dat de feitelijke inhoud van de mededeling hem meer in beroering bracht dan de onbedoelde literaire pikanterie van de vorm. 'Maar ik heb geschreven!' zei hij, eveneens in het Frans, tegen de bediende in versleten zwart.

Zíj luisterde niet, zij keek rond in de schemerige vestibule. De markiezin had dus om vijf uur haar huis verlaten. Steunend op een stok, op de arm van een nieuwe dame-van-gezelschap? Te voet, alleen, met een boodschappennet of een schoothond aan de lijn? Door openstaande deuren met beschilderde panelen ving zij een glimp op van lege ruimten, uitgestrekte, stoffige tegelvloeren. Portretbustes van marmer staarden uit dode ogen van hun sokkels. In de verte een trap, die weids, barok, in een spiraal wegdraaide naar een onzichtbare galerij. Geen meubels, geen schilderijen. Vlakbij de deur waardoor zij waren binnengekomen, stond een fauteuil, de bekleding in flarden: de vaste zitplaats voor de knecht die moest openen en weer sluiten? De man had een strak bleekbruin gezicht en afwerende ogen. 'Wij zijn een neef en nicht van de signora olandese die hier verzorgster is geweest,' zei híj ongeduldig, 'ik heb de markiezin geschreven dat wij zonder tegenbericht vandaag zouden komen.' 'Om vijf uur gaat de markiezin altijd uit,' antwoordde de knecht, 'maar als u mij wilt volgen, wijs ik u de kamer waar de signora gewoond heeft.' Híj maakte over zijn schouder heen een geprikkeld gebaar naar háár, en zei toen: 'Ik ben hier al eerder geweest, om de signora te halen, toen zij zo ziek was. Drie maanden geleden. Herkent u mij niet?' De knecht had zich al omgedraaid en wilde hen voorgaan, maar híj hield zijn vrouw tegen. 'Ik denk er niet over om nu naar boven te lopen. De onbeschaamdheid! Had zij niet thuis kunnen blijven? Of telefoneren dat het haar niet schikte, vandaag. Ik heb toch het adres van het hotel opgegeven. Kom, wij gaan meteen weg.'

De twee meisjes, of waren het jongens, kwamen terug van de overzijde van het plein. Gelijktijdig, met eendere nonchalante draaiing van de heupen, zetten zij hun lange, gespierde voeten iets naar buiten gedraaid voor zich uit. Zíj hoorde hém met geld rinkelen, keerde zich weer naar hem toe. Hij legde muntstukken op het schoteltje bij de bon die de kelner had achtergelaten.

Zij: 'Wij moeten er weer naartoe, om te vragen of die koffer er nog is.'

Hij: 'Gesteld van wél: wat moeten wij ermee beginnen? Je

denkt toch niet dat er iets van belang in zit? Geschrijf van een doodgoed, maar overspannen oud mens...'

'Ze hechtte eraan. Het was haar leven.'

'Zij was ziek, ze was niet helemaal normaal. Ik heb het je allemaal verteld. Ze leed aan waanvoorstellingen. Er is een tijd geweest dat ze aan iedereen die ze kende waarschuwingen en openbaringen rondstuurde. In onze familie...'

'Maar ze was níet gek!'

'Laten we er in hemelsnaam over ophouden. Uit piëteit ben ik met je meegegaan naar dat huis. Ik weet niets van die koffer of van wat erin zit, en eerlijk gezegd wil ik er ook liever niets mee te maken hebben.'

'Ik heb het beloofd!'

'Maar ze is dóód!' Hij schoof driftig de reisgids over het tafelblad. Het boek viel op de grond. Duiven die azend op kruimels dichterbij gekomen waren, klapwiekten weer weg.

Zij: 'Ik wil zo graag tóch die kamer zien.'

Hij: 'Maar waarom?'

'Om meer van haar te weten, om haar te begrijpen.'

'Ik zou zeggen dat er niet veel meer te begrijpen valt. Je hebt haar gezien, genoeg gezien. Je hebt haar verpleegd.'

'Juist daarom.'

De zieke vrouw in haar beddenkooi, benige bleke handen boven haar hoofd geklemd om de spijlen: 'Jullie denken dat ik gek ben, maar dat hebben jullie mis. Júllie zijn krankzinnig, plattevlakwezens dat jullie zijn, júllie leven in een wereld van enkel lengte en breedte, dunner dan het dunste papier. Van de hoogte en de diepte weten jullie niets, helemaal niets.'

'Tante,' had zíj gezegd, 'begrijp het toch. Hij heeft gedaan wat hij kon.'

'Hij had mijn koffer daar niet moeten achterlaten!' Het benige hoofd met de zware onderkaak bewoog op het kussen heen en weer. 'Ik heb hem gevraagd er goed op te letten! Hij heeft het niet gedaan, het kon hem niet schelen!'

'Dat is niet rechtvaardig. Hij is voortdurend bij u gebleven, u had hem nodig, u was zo ziek, dat weet u toch.'

'Het platte vlak. Ik heb het dadelijk gezien toen hij mij kwam halen. Ik had daar moeten blijven.'

'U had verzorging nodig.'

'Verzorging?' De zieke hees zich op aan de spijlen, staarde met wijd opengesperde ogen. 'Verzorging? Jullie weten niet wat dat zeggen wil: verzorgen. Jullie weten niets.'

'Wij zullen uw koffer gaan halen zodra u beter bent. Dat beloof ik.'

De oude vrouw lag weer stil. Zij vertrok haar mond in een bitter lachje en sloot de ogen. Haar dunne oogleden, gevlekt en gekreukeld als oud papier, trilden zachtjes.

'Ik beloof het,' had zíj herhaald.

'Ik heb het beloofd,' zei zij nu tegen haar man, die oprees uit zijn gebukte houding. Hij veegde zorgvuldig het stof van de blauwe band van de reisgids.

'Wat vind je,' vroeg hij, 'zullen we teruggaan naar het hotel? Of wil jij nog verder lopen? Eerlijk gezegd voel ik voor pauze.'

Zij stond ook op, maar haar gedachten bleven cirkelen rondom wat hij zo kennelijk als afgedaan wenste te beschouwen.

'Waar zou de markiezin heen gaan, elke dag om vijf uur?'

Dagelijks om vijf uur verliet donna Patrizia aan de arm van haar knecht (zoals vroeger aan de arm van de gezelschapsdame) het paleis. Voetje voor voetje, steunend op haar stok en haar begeleider, legde zij de korte afstand af naar het buurtcafé op het plein. In de warme, droge maanden stonden de tafels en stoelen op het plaveisel, binnen een driezijdige haag van boompjes in potten. Om vijf uur rolden de twee kelners het gestreepte zonnescherm op, dat over de gehele breedte van het geïmproviseerde terras was uitgespannen. Donna Patrizia ging zitten op de stoel die haar knecht voor haar aanschoof, altijd op dezelfde plaats, aan hetzelfde tafeltje aan de zijkant, zodat zij tussen twee boompjes door een goed uitzicht had op het drukste gedeelte van het plein, waar de zijstraten uitmondden, en zij in de verte, in de bocht van het smalle kanaal, de achteringang van haar huis kon onderscheiden. De knecht legde haar stok en tas op de enige andere stoel aan dat tafeltje, soms ook haar sjaal, wanneer zij het nog te warm vond. Daarna ging hij zwijgend de weg terug die zij gekomen waren. Zij volgde hem met haar ogen, totdat hij daarginds de deur geopend had en in huis verdwenen was. Een van de kelners zette een groot glas met ijskoude melk en een schaaltje biscuits voor haar neer. Terwijl het terras volstroomde zat donna Patrizia naar de mensen te kijken. Zij kende iedereen, en iedereen kende haar. Niemand sprak ooit tegen haar, maar allen bogen of namen hun hoed af. Donna Patrizia was een logge vrouw met een treurig, bol kindergezicht. Opvallend vormeloze handjes met korte vingers hield zij instinctief liefst verborgen, half in haar mouwen of onder de sjaal of de tafelrand. Zij had heel grote, donkerbruine ogen, als van een hulpeloos, traag dier. Van tijd tot tijd nam zij een slokje melk. Zolang het glas nog bijna vol was, morste zij altijd bij het neerzetten. Vliegen lieten niet op zich wachten. De kelners, sinds jaren vertrouwd met de gang van zaken, bleven in haar nabijheid om telkens het tafelblad af te vegen, totdat dit stadium voorbij was. Donna Patrizia droeg jaar in jaar uit, dag in dag uit, dezelfde zwarte crêpe japon met verfrommelde stroken en onduidelijke garnering. Haar haren bleven onzichtbaar onder een kanten doek. Mensen die haar al van lang geleden kenden, herinnerden zich dat er vroeger sieraden waren geweest, oorhangers, die flitsten in het avondlicht wanneer zij langzaam haar hoofd heen en weer bewoog om de voorbijgangers na te kijken. Zij bleef meestal zitten tot negen uur, dan kwam de knecht haar weer halen. Leunend op zijn arm stak zij langzaam het plein over. Sommige vaste bezoekers wijdden nog wel eens een gedachte aan de buitenlandse, grijsharige vrouw, die donna Patrizia jarenlang gezelschap had gehouden.

De knecht Donato deelde zijn zorgen met niemand. Hij hield de luiken gesloten, de deuren dicht. Buiten medeweten van zijn meesteres sliep hij in een kabinet op de verdieping waar zij zelf woonde, om niet op het geluid van haar bel, 's ochtends vroeg en in de nacht, telkens de lange weg via gangen en trappen te hoeven afleggen. Zij bewoog zich nu zo moeilijk dat zij nooit meer door het huis liep. Onvermijdelijk bleef zijn tocht met het dienblad van de keuken achter de binnenhof naar haar kamers, en weer terug. Eenmaal per dag maakte hij daar beneden, in die kille, donkere ruimte, een gewelf als een zaal, de maaltijd klaar, waarvoor hij in de vroege ochtend het benodigde had gekocht. Hij at er zelf zijn bord pasta met saus, waste in de spoelbak de lakens en het lijfgoed van donna Patrizia en hing alles te drogen in de hof, op de enige plek waar ooit de zon scheen. In de keuken, ver buiten haar bereik, sprak hij hardop met zichzelf. Na het koken trok hij zijn vale zwarte jas aan en droeg het dienblad naar boven. De marmeren markiezen in hun nissen, met hun geel geworden, blinde gezichten, werden mijlpalen. Op de spiraalvormige trap rustte hij van tijd tot tijd om het zweet van zijn voorhoofd te vegen. Hij bond donna Patrizia het servet voor en bediende haar. Zij at met dezelfde gulzige onrust als toen zij nog een kind was.

Een lelijk meisje, een klein monster, het enige kind van al bejaarde ouders. Het was log en onhandig, hield de mond altijd open vanwege vooruitstekende tanden, staarde schuw met dierenogen vanonder warrig haar. De aankomende huisknecht Donato poetste laarzen in de loggia achter de keuken, en het kind, ontsnapt aan het toezicht van een gouvernante, stond – propperig in een slecht gemaakt mouwschort – vanachter een deur naar hem te gluren. Het flikkerende, troebele groene water van het kanaal likte de treden van de aanlegsteiger voor leveranciers. Met de wind kwam een stank van visafval. Donato spiegelde zich in de neus van een schoen, deed alsof hij zijn haar kamde, als een clown. Het kind naderde voorzichtig en hurkte bij hem neer. Daarna kwam hij haar vaak tegen in huis, als hij de hoge majolicakachels onderhield of kleine herstelwerkzaamheden moest verrichten.

De nieuwe verzorgster was gekomen in de zomer van 1950. Donato wist dit nauwkeurig, omdat in dat jaar de instortingen waren begonnen, de eerste tekenen van een niet meer te stuiten verval. Voor hem was er sindsdien een samenhang tussen de komst van die magere vrouw in het grijs en de scheuren in de muren, de verzakte fundamenten, de dichtgemetselde ramen aan de kanaalzijde, waar een loggia in zijn geheel was ingestort. Vanaf het eerste ogenblik had haar aanwezigheid hem vervuld met wantrouwen en machteloze woede.

De vorige verzorgsters, zelfs de hoogmoedige Française, had hij vroeg of laat overwonnen en van zijn onmisbaarheid weten te overtuigen. Nadat zij enige tijd in huis waren geweest, wilden zij trouwens niets liever dan een deel (een steeds groter wordend deel) van hun verantwoordelijkheid aan hém overdragen. Déze, met haar onuitsprekelijke naam, uit Nederland (een vlekje op de landkaart, in het noorden, een kuststrook) leek op een mager paard, rijp voor het slachthuis. Als zij liep, met – vond hij – te grote stappen voor een vrouw, de rok fladderend om haar benen, en zij haar hoofd vooruitstak (fel belangstellende blik, gesperde neusgaten), ontbrak nog slechts het gehinnik.

Toch was het niet zozeer haar uiterlijk dat hem weerzin inboezemde. Zij kon een waardige indruk maken, zij was niet onhandig of onwetend, zoals de meeste buitenlandse vrouwen die zij in de loop van de jaren in huis gehad hadden, zij sprak redelijk goed Italiaans (naar zij zelf zei had zij tijd genoeg gehad om de taal te leren) en zij gaf zich geen airs. Wat het allerbelangrijkste was: zij gedroeg zich ten opzichte van donna Patrizia met engelengeduld. Maar Donato mocht haar toch niet. Er ging iets ondefinieerbaars van haar uit, dat hem voortdurend op zijn hoede deed zijn. Hij kon in haar niet een mens zien als gewone mensen. Hij bespiedde haar maar er viel niets verontrustends te ontdekken. Zij was plichtsgetrouw, zonder de in zijn ogen overdreven, en dus komische, stiptheid van noorderlingen. In haar kamer heerste wél altijd orde, zelfs na maanden leek het alsof zij er alleen maar overnacht had, als in een hotel. Hij wist dat zij vaak zat te schrijven; maar hij hoefde nooit brieven voor haar te posten, zag het haar ook nooit zelf doen. Zij had toen zij kwam een koffer bij zich gehouden, een groot model citybag, die altijd afgesloten bleef. Zij liet nooit iets slingeren. In haar vrije tijd ging ze wandelen, weer of geen weer.

Een paar maal was hij haar gevolgd, om te zien wat zij deed, waar zij naartoe ging. Zij zwierf door de stad, verkende iedere wijk, liep kerken in en uit, bezocht musea en paleizen. Een kennis van hem, die suppoost was in de Accademia, vertelde dat de vreemde signora, die grijze (zo langzamerhand wist men overal in de stad wie zij was), vaak kwam opdagen. Er was één bepaald schilderij waarvoor zij bijzondere aandacht had. Het leek wel alsof zij uitsluitend even binnenliep om daar een blik op te slaan.

Op een wintermiddag – mistige regen joeg buiten over het

plaveisel, de waterstand was dreigend hoog – liet Donato zich dat doek wijzen. Het heette *De Neerdaling van de Eeuwige boven het San-Marcoplein*. Een zwevende gedaante, God, in opbollende donkere gewaden die zich schenen voort te zetten in de wolken en nevels boven de lagune, strekte wijd zijn armen uit over de Dom en het Dogenpaleis en de campanile en het plein met dwergkleine menselijke wandelaars.

Donato vond die voorstelling wat kinderachtig en simpel, zoals zoveel van die eeuwenoude werken. In plaats van God-als-wolk zou (dacht hij) een wolk van duizend witte en grijze vogels passender geweest zijn, een zwerm van duizenden duiven, zoals boven het plein van San Marco, wanneer de middagklokken beginnen te luiden.

Er waren andere dingen. Dat zij donna Patrizia gymnastische oefeningen liet doen, op grammofoonmuziek, dat zij haar meenam naar het strand, niet om haar daar tegen wind en zon beschut in een van de tenten te laten zitten, met uitzicht op zee (de ouders van donna Patrizia hadden vroeger een eigen paviljoen aan het Lido gehad), maar om met haar in het water te gaan. Donato zag de twee badpakken te drogen hangen. Hij kromp ineen bij de gedachte dat die hoge rug, die plompe voeten, die geelbleke huid aan onbescheiden blikken waren blootgesteld. Zelfs de meest welgeschapen markiezinnen van de portretten in de grote salon hadden zich nooit halfnaakt in het openbaar vertoond. Donato was te lang en van te nabij getuige geweest van de stijl die in dit huis geheerst had, om te kunnen verdragen dat een vreemdelinge haar plebejische opvattingen omtrent de verzorging van donna Patrizia invoerde. Herhaaldelijk onderhield hij haar over deze dingen, maar zij ging onverstoorbaar haar gang. Zij liet donna Patrizia rondlopen in mouwloze, bontgekleurde jurken. Zij bedacht allerlei vertier en uitstapjes. Voor Donato was het een vanzelfsprekende zaak dat iemand van de klasse waartoe donna Patrizia behoorde níét uitging wanneer er niet beschikt kon worden over een eigen vervoermiddel. Maar de verzorgster nam haar mee in de vaporetti en in de trein. Een kennis van Donato had hen gezien terwijl zij aan de haven van Chioggia op straat ijs stonden te eten.

Donato liep achter de twee vrouwen, over zijn arm de mantel van donna Patrizia. Zij moesten als het ware waden door hoog gras en varens. Deze excursie naar een landgoed in de omgeving van Padua was weer eens ontsproten aan het brein van de verzorgster. Zij verkeerde in de mening dat het gezond was voor donna Patrizia een hele dag in de openlucht door te brengen. Donato had zijn eigen opvatting over de werking van de junizon bij heldere hemel.

De grond was eigendom van de familie. De landerijen bleken nog steeds, zoals vroeger, aan boeren verpacht, maar het sinds lang onbewoonde huis was een ruïne geworden, en het park een wildernis. Uit het struikgewas doemden hier en daar geschonden beelden op. Donato herinnerde zich van lang geleden dat daar een siertuin was geweest, met bloemperken en fonteinen. Langs een smal pad, niet meer dan een spoor in de dichte begroeiing, kwamen zij in een klein dal waar onzichtbaar water klaterde. De verzorgster, die hier al eens eerder naartoe was gegaan, vond dit een geschikte plek voor een picknick. Zij spreidde een kleed uit. Daar moesten zij nu op de grond zitten eten uit vettige papiertjes. Later werd er gezongen. De verzorgster had een krachtige stem, waarmee zij het ijle, flakkerende geluid van donna Patrizia scheen vast te houden en op te stuwen. Donato vond het ergerlijk zijn meesteres liedjes voor heel kleine kinderen te horen blaten. Tot overmaat van ramp gingen die twee ook nog spelletjes doen. Terwijl hij, tot aan zijn knieën in het gebladerte, een eindje afdaalde naar de bedding van het riviertje om daar de proppen papier met pitten en schillen en de lege flesjes weg te gooien, hoorde hij in de verte het hysterische lachen van donna Patrizia dat hij in de loop van de jaren had leren vrezen als voorbode van dagenlang durend onberekenbaar gedrag en aanvallen van boosaardigheid. Hij haastte zich terug. De vrouwen waren nu weer in het hoger gelegen gedeelte van het park. Hij vond hen bij de drooggevallen waterpartij. Boven een cascade van gebroken schalen vol onkruid troonde in half liggende houding een meer dan levensgrote naakte marmeren faun. Het beschadigde gezicht grijnsde onder een kroon van pijnappels en eikenbladeren. Donna Patrizia had zich opgehesen, hield nu haar armen om de nek van het beeld geslagen. Haar benen bewogen met rukken, op zoek naar houvast. Zij gierde van het lachen. De verzorgster stond klaar met haar fototoestel. Donato voelde hoe hij verbleekte van ergernis. Hij liep naar haar toe en legde zijn hand over de lens. 'Nee,' zei hij.

'Waarom niet? Zij wil het zo graag.'

'Nee,' herhaalde Donato. 'U moet haar vragen op te houden. Laat haar van dat beeld af komen.'

'Mag zij niet spelen?'

'Spelen is voor kinderen. Zij is dertig jaar.' Donato beefde nu van drift om het niet-begrijpen in de blik van die vrouw.

'Maar zij ís toch als een kind. Hier kan zij vrij zijn.'

'Vrij?' Op dat ogenblik begon hij haar te haten. Hij hielp donna Patrizia op de begane grond. Eerst stribbelde zij nog tegen, zij wilde gefotografeerd worden bovenop die reus. Zij giechelde nog, hikkend, maar in haar ogen zag hij het donkere, gejaagde. Daarbinnen bewoog zich een wild, gekooid schepsel. Donato ging opzij om de verzorgster de gelegenheid te geven de verfomfaaide kleding van donna Patrizia in orde te brengen. Zij wandelden langzaam terug naar de poorten van het park. Donato, in de achterhoede, hield zijn meesteres in het oog. Aan haar manier van lopen raadde hij haar ontreddering. Hij kende haar beter dan wie anders ook. Er was voor haar geen behoud, behalve in waardigheid. Hij moest haar wel beschermen tegen ieder die durfde volhouden dat er voor haar zoiets bestond als een bevrijdend zich-laten-gaan.

Hij onthield zich van opmerkingen toen donna Patrizia zich in de dagen die op dat uitstapje volgden inderdaad bijzonder onhandelbaar gedroeg. Met genoegen stelde hij vast dat de verzorgster het nu blijkbaar óók begrepen had. Zij kwam uit zichzelf naar hem toe.

'Ik wil goed voor haar zijn, ik wil haar helpen. Zij is zo alleen, zij heeft liefde nodig.'

'Donna Patrizia is niet alleen,' zei Donato. Hij maakte een gebaar in het rond. Zij stonden op dat ogenblik in de vestibule, waar hij de vloer had gedweild. De vergeelde borstbeelden van zeventiende- en achttiende-eeuwse markiezen in de nissen boven de trap schenen hun ogen in dédain gesloten te houden. Door de openstaande deuren van de reeks nooit meer gebruikte ontvangstruimten waren in de verte rijen portretten zichtbaar.

'Maar voor haar betekent dat allemaal niets!'

'Dat doet er niet toe,' zei Donato fier. 'Het bestaat, het kan niet ongedaan gemaakt worden. Het hoort bij donna Patrizia, en zij hoort bij dit huis.'

'Maar zij is toch een mens. Mag zij niet een beetje gelukkig zijn?'

'U kunt haar niet gelukkig maken. Dan zou zij eerst anders moeten zijn. En veranderen kunt u haar ook niet. Dat kan alleen de genade van God.'

'Maar de genade Gods werkt door de mensen. De geest komt over ons, wij worden bezield. Dan kunnen kleine mensen door liefde wonderen verrichten.'

Nu gaat zij zo aanstonds praten over de Neerdaling, dacht

Donato schamper. Blijkbaar gelooft zij dat van tijd tot tijd de Eeuwige boven het San-Marcoplein komt zweven om een van de 'kleine mensen' die daar de duiven voeren, uit te verkiezen.

Donato vond het niet gepast dat donna Patrizia de duiven ging voeren op het plein voor de San Marco. Men zou haar kunnen herkennen. En vreemden, die niet wisten wie zij was, zouden misschien om haar lachen.

De verzorgster deelde als gewoonlijk zijn bezwaren niet. Herhaaldelijk nam zij donna Patrizia mee de stad in. Als Donato de gelegenheid had, liep hij hen na, bleef hen op een afstand volgen. Meestal bekeken zij de etalages. Natuurlijk werden er ook bezoeken aan kerken en musea gebracht. Zij gingen vrijwel altijd ergens koffiedrinken of ijs eten. Arm in arm met de verzorgster maakte donna Patrizia de indruk van een uitgelaten schoolmeisje.

Eens raakte hij hen kwijt, nadat zij een winkel binnen gegaan waren. Het was niet ver van het San-Marcoplein, daarom liep Donato daar ook nog even naartoe. Nooit zou hij die middag vergeten. In een zijdeachtig glanzende hemel dreven ijle wolken. Het was de eerste werkelijk mooie dag van het voorjaar, al warm. Mensen zaten buiten voor Quadri en Florian. Het plein tintelde van tere kleuren en gulden licht.

Hij ontdekte donna Patrizia in een groep jongelui, die schaterend handenvol maïs naar de duiven wierpen en elkaar fotografeerden. Het leken hem fabrieksarbeiders uit Mestre, die met hun vriendinnetjes een dag uit waren in de stad. Een van de meisjes hield een arm om donna Patrizia's middel geslagen. Donna Patrizia had dolle pret. Zij zag er verhit uit en gilde van het lachen. De verzorgster was nergens te bekennen. Binnensmonds vloekend holde Donato erop af. Maar met de slimheid en gewiekstheid die zij wel vaker aan de dag legde, juist wanneer men dat het minst van haar verwachtte, ging donna Patrizia op de loop voor hém, die zij allang had zien aankomen, terwijl zij haar gezellin meesleurde. In een ogenblik was de hele groep verward schreeuwend en lachend verdwenen door de poort van de Torre dell'Orologio naar de nauwe straten van de Merceria. Donato moest de achtervolging opgeven. Razend van ongerustheid bleef hij nog een tijdlang onder de arcade wachten. Even later zag hij de verzorgster. Grimmig stelde hij vast dat zij zich geen raad wist. Zij liep snel, zoekend, van de ene hoek van het plein naar de andere, door de galerijen, binnenturend in winkels en cafés. Een paar maal bleef zij staan, met een hand tegen haar borst gedrukt, diep ademhalend. Donato, die zijn post bij de poort niet wilde verlaten, wachtte totdat zij ook op die plek gekomen was. Onder andere omstandigheden zou haar schrik toen zij hem ontdekte hem genoegdoening verschaft hebben. Eerst kon zij geen woord uitbrengen, daarna vertelde zij haperend, met bevende lippen, dat zij donna Patrizia die zo op haar gemak en zo veilig scheen bij die jonge mensen, niet langer dan hoogstens tien minuten alleen gelaten had, omdat zijzelf in een van de zalen van het Dogenpaleis een schilderij wilde bekijken waarover zij gehoord had, een annunciatie... Donato legde haar met een gebaar het zwijgen op. Die vrouw moet gek zijn, dacht hij. Maar er was nu geen tijd voor verklaringen, evenmin voor verwensingen of verwijten.

Samen doorzochten zij de wijk. De jongelui waren gesignaleerd in een cafetaria, waar zij ijs hadden gegeten. Iemand meende gehoord te hebben dat zij van plan waren naar Torcello of naar een eilandje daar in de buurt te gaan. Gelukkig was het toeristenseizoen nog niet begonnen. Bij de steiger aan de Fondamenta Nuove herinnerde men zich de luidruchtige groep. Donato en de verzorgster bleven tot 's avonds laat op de kade wachten. Al die tijd spraken zij geen woord met elkaar.

Donna Patrizia was bij de passagiers op een van de laatste boten. Niemand hield haar gezelschap. Zij stapte verwezen, als een slaapwandelaarster, aan wal. Aan haar rok plakte gras. Haar blouse was scheef dichtgeknoopt. Donato ging haar tegemoet en sloeg zijn jas, die hij uitgetrokken had, om haar schouders. Daarna bood hij haar zijn arm. In de smalle straten bleef de verzorgster achter hen lopen. Donato nam geen enkele notitie van haar. Niet voor zij goed en wel in huis waren vertrouwde hij donna Patrizia aan haar toe.

Later in de nacht kwam zij naar beneden. Hij zat in het donker in de aan de keuken grenzende dienstruimte. Door de openstaande deur kon hij zien wat zij deed. In de oude stookplaats, die nooit meer gebruikt werd, verbrandde zij de kleren die donna Patrizia die dag gedragen had. Donato maakte geen beweging, geen geluid. Pas toen zij klaar was stond hij op. Zij gaf een schreeuw van schrik. Hij had haar toen en daar kunnen doden als hij dat gewild had, zonder dat zij zich verzet zou hebben. In haar blik las hij dat zij zich wilde laten straffen, dat zij bereid was alles te verdragen om maar verlost te worden van spijt en schuldgevoel. Eindelijk moest zij erkennen dat hij gelijk had. Maar daarvoor was dan ook een hoge prijs betaald. Donato spuwde voor haar voeten op de grond en ging de keuken uit.

Donato had sinds zijn jeugd een wens gekoesterd: eens eigenaar te zijn van een boerenhuis met gepleisterde muren en groene luiken, een erf met kippen en een hooiberg, te midden van suikerrietvelden, wilgen en wijnranken, ergens in het vlakke waterrijke land achter Chioggia. Eerst had hij voor zichzelf als voorwaarde gesteld: wanneer de markies en de markiezin er niet meer zijn. Later was dat geworden: wanneer donna Patrizia volwassen is. 'Volwassen' betekende 'verzorgd', door een huwelijk (maar die hoop gaf hij op) of door een andere regeling. Al zou met donna Patrizia deze tak van de familie uitsterven, er waren nog talloze neven en achterneven. Enkelen van hen waren persoonlijk poolshoogte komen nemen na de dood van de markies. Donato had in toenemende mate begrepen dat in verband met ingewikkelde erfrechtkwesties alle betrokkenen de toestand maar liefst zo lang mogelijk wilden laten voortduren zoals die was. Een beheerder zou maandelijks een som overmaken voor het huishouden en de verzorging van donna Patrizia. Donato werd beschouwd als vertrouwensman. Hij had zich niet aan die taak onttrokken. De vervulling van zijn droom diende uitgesteld te worden naar een verder verwijderde toekomst.

Hij bleef dus in de stad, die hem van jaar tot jaar vreemder werd. In de wintermaanden ging het nog, dan herkende hij soms weer geuren en gezichten van vroeger, de intimiteit van de wijk. Maar het water kwam na regenval steeds hoger te staan, de stank van vervuilde kanalen werd sterker. De zomers schenen langer te duren, gemeten naar de aanwezigheid van toeristen. De stad toonde een ordinair, hoerig gezicht, dat hem met walging vervulde. Als hij een vrije dag had, ging hij er nog wel op uit, naar stille dorpen met door platanen beschaduwde zandwegen, waar het rook naar stallen en groen, en waar in de warme middag de krekels oorverdovend snerpten in de struiken. Soms bezichtigde hij een huisje dat te koop stond, maar daar bleef het bij.

In de zomer na de escapade van donna Patrizia kwamen alle kwade voortekenen uit. Er deden zich nieuwe instortingen en verzakkingen voor. Om redenen die Donato nooit helemaal duidelijk werden (waar hij ook niet naar vroeg), bleek de financiële toestand plotseling kritiek. Er was sprake van dat het paleis verkocht zou worden, maar de staat van verval maakte het vrijwel waardeloos. Taxateurs kwamen meubels en schilderijen bekijken. Een deel van het antiek werd geveild.

Donna Patrizia's gezondheid liet te wensen over (een andere verwoording duldde Donato niet). Zij moest, mét de verzorgster, minstens drie maanden in de bergen doorbrengen. Donato regelde dit. Om onnodige discussie met de familie te vermijden, betaalde hij uit eigen zak het ontbrekende. De verzorgster van haar kant sprak niet meer over salaris. Donato ontsloeg de kamermeid en de kookster en de jongen die boodschappen deed. Hij sloot de onttakelde salons. Verwanten van donna Patrizia die lieten weten dat zij haar (als chronische verpleging noodzakelijk zou blijken) ergens bij nonnen konden onderbrengen, stelde hij gerust: voor een geringer bedrag dan de verplichte giften aan een klooster kon alles bij het oude blijven.

Omstreeks Kerstmis kwam het verwachte telegram van de verzorgster uit een Zwitsers dorp. Volgens afspraak reisde Donato daarheen, om ook ditmaal de nodige maatregelen te treffen. Aan de wieg van het kind (een gezond jongetje) veroorloofde hij zich voor het eerst grimmige scherts, deels een blijk van opluchting (donna Patrizia maakte het redelijk goed), deels een steek onder water jegens de verzorgster, die voor een annunciatie haar verantwoordelijkheid had vergeten: 'Dat daar hebben we niet te danken aan de neerdaling van de Heilige Geest.'

Bij de aangifte wist hij zo gauw geen naam te bedenken. Hij kon alleen herhalen dat de jongen geboren was, 'nato'. De ambtenaar maakte er behulpzaam Renato van, een mooie naam, 'hij die is wedergeboren'.

Toen de jongen zeven jaar was, lieten zijn pleegouders (in een van de dorpen achter Chioggia, waar Donato zelf had willen wonen) weten dat zij hem niet langer konden houden. Donato had bij bezoeken zo nu en dan al gehoord dat hij vaak lastig en ongezeglijk was, maar dergelijke klachten in de eerste plaats beschouwd als een blijk van boerenslimheid om meer kostgeld te krijgen. Dat bedrag had hij dan ook regelmatig verhoogd.

Tenslotte kwam er een brief: als het kind nu niet werd weggehaald, kon niemand voor de gevolgen instaan. Donato raadpleegde de verzorgster, niet omdat haar mening voor hem de doorslag kon geven, maar omdat zij nu eenmaal beiden bij deze zaak betrokken waren. Zij stelde voor de jongen, in elk geval voorlopig, in huis te nemen. Hij kon dan in de stad naar school. Het zou ook een afleiding zijn voor donna Patrizia, die juist in die tijd weer aan vlagen van lusteloosheid en bokkigheid begon te lijden. Donato zag geen betere oplossing. Hij beschikte niet over de middelen om de jongen naar een instituut te sturen.

Renato was lang voor zijn leeftijd en van overrompelende schoonheid, met donkere krullen en ogen als zwarte kersen. Onderweg naar Venetië, in de autobus en op de boot, trok hij bekijks als een kunstwerk, een klein wonder. Toch werd hij niet door de mensen toegesproken en aangehaald zoals andere kinderen. Donato dacht dat dit kwam omdat hij zich niet als een kind gedroeg. Hij keek om zich heen met een blik die alles scheen te zien. Soms glimlachte hij om wat hij zag of hoorde alsof hij meer begreep dan hij, op zijn leeftijd, begrijpen kon. Hij bleef netjes op zijn plaats zitten, stelde ook niet onophoudelijk vragen, hoewel toch alles nieuw en onbekend voor hem was. Donato vond hem mooi en verstandig, en schreef de beschuldigingen die er tegen hem geuit waren toe aan jaloezie.

De verzorgster was zo mogelijk nog meer onder de indruk dan hij. Al in de eerste dagen van Renato's verblijf begon zij over zijn toekomst te denken. Zij hield Donato voor dat zij beiden verplicht waren voor dit bijzondere kind te zorgen. Hij was het bij uitzondering met haar eens, maar haar ijver maakte hem kregel. Niet zonder leedvermaak merkte hij dat de jongen in verzet kwam tegen die overmaat van vrouwelijke koestering. Plagerijen, zoals het verstoppen van haar bril, het morsen op een hemd dat zij pas voor hem gewassen en gestreken had, vergoelijkte Donato, al was het alleen maar omdat het kind naar hem knipoogde met een gezicht als een ondeugende engel. Voor donna Patrizia betekende Renato's komst een ander leven. Zij wist niet wie hij was; zelfs vermoedens kwamen niet bij haar op. Het leek alsof zij het vroeger gebeurde vergeten was. In huis zocht zij voortdurend zijn gezelschap. Stoeiend en schaterend renden zij elkaar na op de trap, in de lange gangen. De verzorgster (en heimelijk ook Donato) had gehoopt dat donna Patrizia door de omgang met de kleine jongen volwassener zou worden, dat er iets van moederlijke rijpheid in haar tot ontwikkeling zou komen. Maar het tegendeel gebeurde: onder invloed van de speelse Renato werd donna Patrizia het kind dat zij nooit was geweest, een wild kind vol streken.

Het schoolgaan bleek geen succes. Renato's intelligentie werd door niemand in twijfel getrokken, maar het regende klachten over zijn gedrag. Brutaliteit, vernielzucht, geniepigheid waren nog de minst erge dingen die hem ten laste werden gelegd. De verzorgster ging regelmatig naar het spreekuur en kwam iedere keer in grotere verbijstering terug. Ook in huis gebeurde veel onverklaarbaars. Er werden een paar maal kleine branden ontdekt, gelukkig bijtijds, in een stapel kranten, een gordijn, en door een omgevallen komfoor. Voorwerpen verdwenen op raadselachtige wijze. Donato dacht aan wat het pleeggezin had verteld en zocht in het kamertje van de jongen, tot onder de matras van het bed, maar hij vond niets. Zowel hij als de verzorgster misten herhaaldelijk geld uit hun beurs. Betrapt op het bezit van grote hoeveelheden snoepgoed, zei Renato dat donna Patrizia hem geld gegeven had. Donna Patrizia bevestigde dit, maar het maakte geen overtuigende indruk. Donato begon nu scherp op te letten; hij had voortdurend het onaangename gevoel dat hij voor de gek gehouden werd. Als hij de jongen voor zich zag, met zijn mooie fijne gezicht en zijn ranke lijf, altijd vol gratie, wat hij ook deed, leek het hem ondenkbaar dat híj de deugniet zou zijn. Maar de enige andere mogelijkheid: dat het kind donna Patrizia opstookte om bepaalde streken uit te halen om dan laf háár voor de gevolgen te laten opdraaien, was nog ongelooflijker.

Toen op een dag de huiskat, aan een touw gebonden en met een steen verzwaard, uit het kanaal werd opgehaald bij de aanlegsteiger achter de keuken, kon zelfs de verzorgster niet meer doen alsof het om louter toevalligheden, misverstanden en kleine ongelukken ging. Renato hield vol van niets te weten en huilde bittere tranen om de dood van de kat. Uit een paar portretten in de salon bleken de neuzen weggesneden. De verzorgster verloor een broche. Omstreeks diezelfde tijd werd de jongen (hij was toen in zijn tiende jaar) van school gestuurd wegens obscene handelingen en het pijnigen van klasgenoten. Donato wilde hem nu voor zijn bestwil een ouderwets pak slaag toedienen, maar de verzorgster kwam tussenbeide. Zij nam de jongen apart en praatte lang met hem. Hij zou voortaan les van háár krijgen. Hij moest Donato helpen bij het werk in huis en in de keuken, en werd ook uitgestuurd om boodschappen te doen. De spelletjes met donna Patrizia droegen een kalmer en ordelijker karakter. Ondanks zichzelf begon Donato respect te krijgen voor de aanpak van de verzorgster. Zij gaf zich veel moeite, en die moeite werd beloond, tenminste zo zag het eruit. De jongen leerde goed, toonde levendige belangstelling. Volgens de verzorgster bewezen zijn vorderingen dat zijn vlugge verstand hunkerde naar voedsel. Donato was graag bereid te geloven dat de moeilijkheden van vroeger te maken hadden gehad met die onbevredigde intelligentie. Hij herademde en ging na wat hij eventueel van zijn geslonken spaargeld zou kunnen bijdragen aan de vorming van Renato. Soms betrapte hij zich erop dat hij op het punt stond alle trouw, alle kritiekloze toewijding die hij van jongs af aan de markies en diens familie gegeven had, op Renato over te dragen. Tussen de meelijwekkende gestoorde vrouw met de titel en het prinselijk mooie kind zonder vader viel de keuze niet zwaar. Wanneer zij samen bezig waren in huis (het onderhoud van de vloeren vergde veel tijd) of in de keuken (de jongen bleek zeldzaam handig in het plukken van kippen en het schoonmaken van vis) vertelde Donato hem al wat hij wist over de geschiedenis van het geslacht. Hij verbeeldde zich dat hij daarmee de opvoeding die de verzorgster gaf zinvol afrondde.

Eens moesten zij lege flessen tot scherven slaan. Donato deed dit nooit in de binnenhof, vanwege het lawaai, maar in het diepe gewelf in het achtergedeelte van het paleis, waar de kelders op uitkwamen. Over een smalle loopplank, op manshoogte boven de begane grond, kon men een wandeling maken langs de vier muren en door raampjes als schietgaten een glimp opvangen van het kanaal en van de buurhuizen. Terwijl zij de flessen stuksloegen in het daarvoor bestemde vat (de jongen deed dit werk met overgave) legde Donato de functie van de loopplank uit. Bij hoogwater als de kelders onderliepen, zelfs bij overstroming, zou men daar geen natte voeten krijgen. Dit gewelf had lang geleden tot vesting gediend. Renato wees op een getralied venster aan de binnenkant op kelderhoogte: 'Wat is dat?'

Die vraag maakte een stroom van overleveringen los. In oude tijden hadden edelen die in versterkte huizen woonden er eigen kerkers op na gehouden. De ruimte achter dat raam was zo'n 'kooi' geweest. Een markies die zijn dochter betrapt had op een liefdesverhouding met een gondelier, had de jongeman daar opgesloten en toen een luik naar het kanaal geopend. De kamer met het getraliede raam lag onder de waterspiegel. Hij zou het meisje gedwongen hebben vanaf de loopplank toe te zien hoe haar minnaar verdronk. Donato had als keukenknecht dit verhaal van een van de oudere leden van het personeel gehoord. Hij wist niet of het werkelijk gebeurd was, maar gezien de zeden in het verleden leek hem dat niet onwaarschijnlijk. Hij liet Renato de deur zien die vanuit een van de kelders toegang gaf tot de kerker, met zijn witgekalkte muren, voorzien van elektrisch licht en een paar meubelstukken. Hij herinnerde zich dat een duvelstoejagertje uit de huishouding van wijlen de markies daar een tijdlang geslapen had. Renato kwam nog dikwijls daarna terug op de geschiedenis van de 'kooi', die zijn fantasie scheen te prikkelen. Hij wilde ook alles weten over de toestand waarin de muren verkeerden. Voorzover Donato dit kon nagaan lekte het maar een hoogst enkele keer in het gewelf. Mogelijk waren sommige gedeelten van de muur wat poreus geworden, in elk geval was het zaak altijd waakzaam te blijven. De jongen luisterde steeds gespannen. Hij wilde nooit alléén het gewelf binnen gaan.

Donato gunde zichzelf van tijd tot tijd nog wel eens een vrije dag. Hij ging nooit meer zoals vroeger naar de dorpen, maar hield vakantie op zijn Venetiaans: slenteren door de winkelstraten, een espresso in een rustig café waar hij kranten kon zitten lezen en, als het mooi weer was, een tochtje naar het Lido. Eens kwam hij, na een in een strandstoel doorgebrachte zomerdag, laat thuis. Al bij het openen van de deur snoof hij onraad. Er was niets bijzonders te zien of te horen, maar hij had in de loop van de tijd in dit opzicht een extra zintuig ontwikkeld. In plaats van rechtstreeks naar zijn eigen kamer, in de dienstafdeling, te gaan, liep hij eerst de trap op. De verzorgster, die op hem gewacht had, kwam hem tegemoet.

Die middag had zij staan strijken in de naaikamer. Donna Patrizia zat een puzzel te leggen bij Renato, die thema's maakte. Alles was heel gewoon en rustig geweest. Maar toen zij na ongeveer een uur weer terugkwam, waren donna Patrizia en de jongen verdwenen. Zij had roepend door het huis gelopen, overal gezocht. Zij dacht toen nog aan een onschuldige grap, verstoppertje om haar te plagen. Op zolder zag zij een ladder staan, gericht naar het luik waardoor men op het dak kon klimmen. Renato wist heel goed dat dit streng verboden was. Donna Patrizia stond met gespreide armen te balanceren op een daklijst en de jongen, naast haar tegen een van de schoorstenen geleund, *trachtte haar over te halen naar beneden te springen*, in het kanaal in de diepte. De verzorgster was erin geslaagd donna Patrizia te bereiken zonder haar aan het schrikken te maken. Zij had zelfs de beheersing kunnen opbrengen niets tegen Renato te zeggen zolang donna Patrizia erbij was. Nu zij het vertelde beefde zij over haar hele lichaam.

'Waar is hij?' vroeg Donato. Hij kon zijn oren niet geloven toen zij zei dat zij de jongen in de 'kooi' had opgesloten.

'Hij moet het nu maar eens goed voelen. Een voorproefje van de gevangenis waarin hij zeker terechtkomt wanneer hij zo doorgaat.' Zij schoof haar mouwen omhoog en liet hem de krabben en beten zien. Het kind was sterk, zij had hem met geweld moeten voortslepen zodra hij besefte wat zij van plan was.

Donato daalde af naar de kelder en opende een van de deuren naar het gewelf. Het woeste geschreeuw weergalmde tussen de muren. De verzorgster had Renato in het donker laten zitten. Donato stak het licht aan en zag de jongen, die zich aan het getraliede raam had opgehesen uit angst voor ratten.

Het barbaarse van de bestraffing verbijsterde Donato niet minder dan de wandaad zelf. Hoewel hij een voorbehoud maakte ten aanzien van wat de verzorgster hem had verteld (zij kon verkeerd gezien en gehoord hebben), vreesde hij dat de jongen inderdaad tot zoiets in staat was. Dat het geduld van die vrouw zo radicaal was omgeslagen in het andere uiterste, herinnerde hem er weer aan hoe vreemd hij haar vroeger altijd had gevonden. Hij was dat haast vergeten. Bijna had hij háár in huis het heft in handen gegeven.

Hij liet de jongen uit de 'kooi', nam hem mee naar de keuken en diende hem een ongenadige aframmeling toe.

Renato was bang voor hen, zíj waren bang voor Renato. Desondanks – of juist daarom – bestond er tussen hen een band die niet verbroken kon worden. Zij vormden een drie-eenheid. De verzorgster had stilzwijgend erkend dat zij een grote fout had begaan. In haar gedrag jegens de jongen legde zij voortaan een geduld, ja, een nederigheid, aan de dag, die Donato nog onnatuurlijker vond dan haar eerdere didactische ijver of haar plotselinge wrede strafmaatregel. Tussen haar en Renato scheen een heimelijk gevecht aan de gang. Alle pogingen van de jongen haar te tergen, om zo een heftige reactie uit te lokken, beantwoordde zij met onbegrijpelijke zachtmoedigheid. Dit maakte hem onzeker, hij gaf een tijdlang geen enkele reden tot bezorgdheid, maar daarvan raakte zíj dan juist weer in de war, met het gevolg dat Renato opnieuw overmoedig werd. Als hij zich misdragen had, gaf Donato hem een pak slaag. Donato deed dit met de grootst mogelijke tegenzin, omdat hij er niet rechtstreeks bij betrokken was. Het ging altijd om vergrijpen jegens de verzorgster, die zich echter niet meer beklaagde, nooit een beschuldiging uitte. Hij hoopte telkens dat het de laatste keer zou zijn, maar de jongen scheen erom te vragen. Wat betreft de lessen die hij nog steeds van de verzorgster kreeg, toonde Renato zich een ideale leerling. De ernst waarmee hij haar dan aanhoorde en het hem opgedragen werk maakte, stond in zo opvallend contrast tot zijn grillige lastige gedrag onder andere omstandigheden, dat het leek alsof er twee Renato's waren.

Op zijn vijftiende was hij lang en slank en nog altijd even mooi. Op straat keken de mensen hem na. Hij deed alsof hij dat niet merkte, maar Donato betrapte hem er wel eens op dat hij voor een spiegel stond, niet met het zelfbewuste lachje van een ijdeltuit, maar met de scherpe aandacht van een onderzoeker die iets onbekends bestudeert. Met zijn fijngebouwde gezicht, halflang krullend haar en bewegingen vol aangeboren gratie, deed hij soms denken aan engelen op oude schilderijen, van wie men nooit weet welk geslacht zij hebben. Maar bij het werk in huis, als hij lasten moest tillen, bleek dat hij de kracht had van een man. Toen Donato dat goed begreep, weigerde hij Renato ooit nog te slaan. De gedachte dat de jongen zich aan hem onderwierp, de aframmeling duldde of wie weet juist wílde ondergaan, vervulde hem met afgrijzen. Hij sprak nooit meer met de verzorgster over een mogelijke toekomst voor Renato. Zelf dacht hij er des te meer over na. Het leek hem dat de jongen alles meebracht om huisknecht te worden, of kelner in een eersterangs hotel. Hij zou talen moeten leren, als aide geplaatst moeten worden in een omgeving waar zij hem discipline zouden bijbrengen. Van de resten van zijn spaargeld bekostigde Donato een cursus bij de Berlitzschool. Maandenlang ging het goed, hetgeen bleek uit de Franse en Engelse oefeningen waarop de jongen Donato 's avonds in de keuken vergastte. Donato kende een beetje Frans, dat hij geleerd had in de tijd toen wijlen de markies veel buitenlandse gasten ontving. Toen er examens gedaan moesten worden, kwam uit dat Renato al geruime tijd niet meer op de lessen was verschenen. Hij gaf toe dat hij met vrienden die hij op straat had leren kennen in bars en cafés rondhing. De nieuwe kleren waarmee hij telkens voor den dag kwam kon hij betalen vanwege kleine handeltjes zo nu en dan. Voor het beroep van kelner voelde hij niets. Er waren interessantere manieren om aan de kost te komen. Donato gaf het op.

In dat onbepaalbare wezen voorvoelde hij de toekomst van het huis der markiezen. Alles werd mogelijk. Er zouden diefstallen gepleegd worden, de laatste kostbaarheden zouden één voor één hun weg vinden naar louche winkeltjes. Dubbelzinnige figuren zouden binnendringen en doen alsof zij thuis waren tussen de portretten en borstbeelden. Het paleis zou langzaam wegzinken, maar nooit zo diep als het geslacht in zijn laatste bastaardkind. Het verval zélf zou geëxploiteerd worden en hij, Donato, zou dat tot het bittere einde moeten meemaken, omdat hij donna Patrizia nooit verlaten kon.

Zij gingen naar hun kamer in een ouderwets hotelpension in de Merceria. Over de muren bewoog de weerschijn van het water buiten in wazige krinkels. Zonneschermen van rood en wit gestreept doek, schuin omlaaggespannen en aan stangen bevestigd, temperden het licht.

'Even rusten, vind je niet,' zei hij. 'Wij zijn vanaf half acht op de been geweest.' Hij trok zijn bovenkleren uit en ging languit op het bed liggen. Zij bleef nog bij het raam staan en keek onder de rand van het zonnescherm door. Het was het stilste uur van de middag. Twee onbemande verveloze gondels lagen gemeerd langszij de hotelmuur. Palen staken scheef uit het water.

Zij knoopte haar blouse los en stapte uit haar rok. Terwijl zij naar het bed liep, zag zij zichzelf in de spiegel. In het warme gezeefde licht had haar huid een rozige tint.

Zij boog zich over hem heen en kuste zijn schouder. 'Slaap je?'

'Ik ben moe,' zei hij, zonder zijn ogen open te doen.

Tegen het hoofdeinde van het bed geleund – het rolkussen in de holte van haar rug – keek zij op hem neer, alsof zij de wacht moest houden. Zij sloeg haar armen om haar opgetrokken knieën. Het haar kleefde op haar voorhoofd. De zon, de lange wandeling, de wijn bij het middageten hadden haar niet loom gemaakt, maar integendeel een al bestaande spanning nog verhevigd. Zij zou dicht tegen hem aan gedrukt willen liggen, maar zij durfde hem niet te storen. Zij merkte dat hij in slaap gevallen was. Zo zag hij eruit als een jongen. De zorgelijke uitdrukking die hem meestal ouder deed lijken dan tweeëndertig, was even weggevaagd. Maar de ontspanning van de slaap maakte zijn gezicht niet toegankelijker. Achter het gladde voorhoofd, de serene oogschelpen vermoedde zij altijd eenzaamheid, iets dat zij nog het beste met het woord vleugellam kon aanduiden. Vroeger had zij geloofd dat dit kwam omdat hij op kostscholen was opgegroeid, nooit een band met ouders en een eigen thuis had gekend. Wanneer hij wel eens over zijn jeugd vertelde, kreeg zij het – ondanks zijn ironische toon, zonder een zweem van zelfbeklag – benauwd van medelijden. Maar zij begreep nu dat zijn innerlijke isolement niet alleen te wijten kon zijn aan die onpersoonlijke opvoeding, zelfs niet aan de voor haar onvoorstelbare afzijdigheid van zijn moeder, een gescheiden vrouw die een pension hield. Zijn tekort aan levenslust had een diepere oorzaak, maar zij wist niet welke dat kon zijn. Zij hield van hem met een heftige, beschermende en toch machteloze liefde. Ondanks zijn genegenheid voor háár en hun rustig-opgewekte leven samen, had zij het gevoel dat het hem ontbrak aan wat zij geluk noemde. Lag dat aan haar, aan het feit dat zij zo verschillend waren qua karakter, achtergrond en belangstelling? Er bestond geen enkel raakpunt tussen de wereld van het handelskantoor waar híj werkte en het museum waar zíj een stage doorliep ter voorbereiding van haar doctoraalexamen kunstgeschiedenis.

Hun kennismaking was puur toeval geweest. De kleine stad waar zij beiden woonden had rustige singels in een krans van groen. Zij had eens eenden zitten voeren op dezelfde bank waar hij een krant las. Vaak plaagden zij elkaar – en werden zij door wederzijdse vrienden geplaagd – met de merkwaardige verdeling van innerlijke en uiterlijke eigenschappen die zij als paar vertoonden: hij, smal en blond, met het gezicht van een musicus of dichter, zoals men zich die wel pleegt voor te stellen, maar voorzichtig, sceptisch, met een droge humor; zij, robuuster, donker van haar en ogen, goedlachs, het type van de verpleegster of de maatschappelijk werkster, maar emotioneel, 'artistiek', opgaande in haar studie. Klopte dat? Soms voelde zij in hem een bewogenheid voor vormen, klanken, stemmingen, die dieper reikte dan haar inzicht, maar waaraan hij geen uitdrukking kon geven; terwijl zijzelf in haar verhouding tot hem praktische zorgende eigenschappen ontwikkelde, die zij nooit vermoed had te bezitten. Zij waren drie jaar getrouwd.

Zij geloofde wel dat hij genoot van deze eerste grote reis die zij samen maakten. In Milaan en Florence was de stemming uitstekend geweest. Maar de paar dagen in Venetië hadden een soort van vertroebeling teweeggebracht, zij kon er geen passend woord voor bedenken, maar zij voelde het voortdurend. Was zijn vroegere onaangename ervaring daar de oorzaak van?

Het telegram dat zij destijds uit Venetië hadden gekregen was ondertekend door een familielid van de markiezin. 'Wees zo goed onmiddellijk mevrouw uw tante te komen halen, *qui est souffrante et devrait être soignée chez vous.*'

Zijn eerste reactie was wrevel geweest, om de sommerende toon en om de in de tekst besloten veronderstelling alsof hij de aangewezen persoon zou zijn voor die taak, en alsof hij over de tijd en de middelen beschikte om stante pede een dergelijke tocht te ondernemen. Hij kende die ongetrouwde zuster van zijn moeder nauwelijks, wist alleen dat zij een speciale voorkeur voor hem scheen te hebben omdat zij een tijdje voor hem gezorgd had toen hij nog klein was. Zij was jarenlang ziek geweest, of overspannen, hij wist eigenlijk niet precies wat. Hij herinnerde zich vooral hoe zij hem meenam, de weilanden in. Zij had dan een botaniseertrommel aan een riem over haar schouder hangen. Telkens hurkte zij neer om hem diertjes en planten te wijzen. Volgens zijn moeder (wier beweringen hij meestal met een korrel zout nam) had zij een opvoedingscomplex, verbeeldde zij zich dat het heil van de wereld van haar afhing. Zo kende hij er wel meer, had hij lachend tegen zijn vrouw gezegd. Tante had hem vlak voor haar vertrek naar Italië nog eens opgezocht op het internaat waar hij toen was. Tegenover medeleerlingen en docenten had hij zich nogal gegeneerd voor die grote magere vrouw met haar speurende blik en eindeloze gevraag. Zij wilde alles over hem weten, zijn werk zien, zijn vriendjes leren kennen. Op al zijn verjaardagen had hij prentbriefkaarten van haar gekregen, altijd met reproducties van oude schilderijen. Omdat hij haar toch wel zielig vond, antwoordde hij meestal ook; hij hield haar trouwens op de hoogte van zijn overgangen en examens. Zíj herinnerde zich dat zij het adres in Venetië op hun huwelijksaankondiging had geschreven. In hun gesprekken naar aanleiding van dat telegram werd duidelijk dat hij wel degelijk het enige familielid was op wie zijn tante een beroep kon doen. Zonder nog te weten hoe een en ander geregeld zou moeten worden, was hij haar gaan halen. Eerder dan zíj verwacht had, kwam hij terug met de zieke oude vrouw, die een zo ontredderde en verwaarloosde indruk maakte, dat zij het geen van beiden over hun hart konden verkrijgen haar in een verpleegtehuis onder te brengen (zoals zijn moeder had voorgesteld).

Zijn reisverslag klonk haast ongeloofwaardig. Bij de markiezin was niemand geweest om hem te ontvangen, behalve een huisknecht. In een zijkamertje gelijkvloers naast de ingang zat, of liever hing, de zieke volledig aangekleed in een stoel, al klaar om te vertrekken. Naast haar stond haar bagage opgestapeld. Hij had het uitgeteerde schepsel haast niet herkend. Zij bleek nauwelijks tot spreken in staat, maakte trouwens niet de indruk dat zij wist wie hij was. Op zijn vragen naar het hoe en wat van haar toestand kreeg hij niet eens behoorlijk antwoord. De knecht verstond hem niet of deed alsof. De adellijke familie had zich niet vertoond en het bleek onmogelijk te ontdekken wie de behandelende geneesheer was. Eigenlijk betwijfelde hij of er ooit een arts naar zijn tante had omgekeken. Via een zijdeur werden zij het paleis uit gewerkt, een ander woord kon hij er niet voor vinden. Er lag al een taximotorboot te wachten aan de steiger voor leveranciers. Hij was te verbluft en onzeker geweest om zich kwaad te maken. Mét de zieke en haar koffer liet hij zich naar zijn hotel brengen. Hij had toen nog maar één wens: zo gauw mogelijk naar huis. De terugreis per trein was een lijdensweg door niet-kloppende aansluitingen en misverstanden in verband met de couchette die hij voor zijn tante had besproken. Onderweg was zij in paniek geraakt omdat zij een koffer miste, een citybag, zoals zij het noemde. Hij was zich van geen kwaad bewust, integendeel, steeds had hij bij het overstappen zorgvuldig al die pakken en zakken nageteld. Zij jammerde maar, hij had haar niet tot bedaren kunnen brengen.

De oude vrouw werd geplaagd door gruwelijke dromen. Ook wakend had zij visioenen die haar angstig maakten. De ramen moesten gesloten blijven, opdat er geen vogels in de kamer konden komen. Zij was vooral bang voor de grote grijze duiven die gewend waren elke dag hun portie maïskorrels te pikken op het balkon. Vaak had zíj dat magere lichaam in haar armen gewiegd, en sussend, geruststellend, gefluisterd naar het aan haar schouder verborgen hoofd, in een vergeefse poging de verschrikkingen te verdrijven.

'Hij komt als God, maar het is God niet,' mompelde de zieke eens. 'Hij hult zich in majesteit, met wolken, je zou erin vliegen, maar dan schiet hij omlaag als een roofvogel... Stuka's, dat hebben jullie niet meegemaakt...' (Zij dwaalde af in oorlogsherinneringen.)

Een andere keer zei zij: 'Onder die grote mantel, net de hemel, zou je willen schuilen, zou je góéd willen zijn, alles is liefde, de Heilige Geest daalt neer... maar het is bedrog, gemeen en gevaarlijk, de laagste strategie die er bestaat... Cattivo!' Plotseling kwam er een stroom van onverstaanbare Italiaanse scheldwoorden over haar lippen, zij ging tekeer tegen een onzichtbare aanwezige, die zich nu eens op de grond, in een kamerhoek (als een rat, dacht zíj), dan weer aan het plafond scheen te bevinden. Soms ook had zij het over de engel Gabriël, die neergedaald was tot Maria, of liever, over een demon die de gedaante van Gabriël had aangenomen. Zij beschreef de ontzette houding van de Maagd, het overrompelend agressieve gebaar van de zogenaamde engel, alsof zij die figuren ergens afgebeeld had gezien. Zij sprak ook veel over weerloze kinderen en over de simpelen van geest die als kinderen zijn, en daarom bedreigd, voortdurend in gevaar door een incubus te worden bezeten. 'Mijn neefje!' riep zij, maar als zíj dan hém aan het ziekbed bracht, verstopte de oude vrouw haar gezicht onder het laken. 'Zij herkent mij niet,' zei hij, iedere keer weer, 'zij denkt dat ik nog een kleine jongen ben.' Afwisselend fluisterde zij waarschuwingen en verwijten. Altijd kwam het erop neer dat die ene koffer niet had mogen achterblijven. 'Ik heb alles opgeschreven. De mensen zijn blind. Jullie weten niets.'

'Tante,' had zíj telkens opnieuw verzekerd, 'wij zullen die koffer gaan halen. Ik beloof het u. Ik beloof het.'

Zij liet zich voorzichtig van het bed glijden en trok haar kleren weer aan. Op een uit haar agenda gescheurd blaadje schreef zij: kan niet slapen, ga wat wandelen. Zij legde haar badjas over hem heen.

In de stille gang bleef zij treuzelen bij aquarellen en tekeningen die Venetië voorstelden in alle seizoenen, onder iedere denkbare belichting. Dit hotel was in de jaren twintig en dertig een trefpunt geweest voor kunstenaars, die vaak hun schulden met eigen werk hadden betaald. In de eetzaal stond in een vitrine een door Kokoschka en andere artiesten beschilderde koffer. Daarom heette het hotel ook Albergo della Valigia.

Niet ver van de hotelingang kwam zij, onder het poortgewelf van de Torre dell'Orologio door, weer op het plein, dat baadde in middaglicht. Zij had het gevoel midden op zee te zijn. De witte meanders leken schuimkrinkels, de drie hoge bronzen vlaggenstokken, de twee zuilen van graniet in de verte aan de rand van het water, en de campanile: masten van reusachtige schepen; en de omringende galerijen de kustlijn van een geheimzinnig holengebied. Zij keerde zich naar de warme wind, die haar haren deed fladderen. Nog steeds was het plein vol mensen, nu vooral groepen Duitse toeristen, de meeste mannen uitgedost in carnavaleske vakantiedracht, fel gekleurde hemden, strohoeden, foto- en filmtoestellen om de nek. De vrouwen torsten uitpuilende tassen vol pakjes en perziken. Voor iemand die vanuit de lucht op San Marco neerkeek, moest het een wonderlijk schouwspel zijn, dacht zij, die krioelende bonte dwergen en daartussen de duizenden stipjes van rondtrippelende duiven. Zij keek omhoog naar de andere, altijd aanwezige, onbeweeglijke bevolking van het plein: de lange rij witte beelden op de trans van het gebouw aan de Piazzetta, en de Leeuw, en de heilige Theodorus (die, staande op een verslagen draak, zo op Sint-Joris leek), en de evangelisten en apostelen tussen stenen bloemen en flamboyante spitsen boven de bogen van de kerk, en de koperen aartsengel op de campanile, Gabriël, de engel van de annunciatie.

Tegen de stroom van juist vertrekkende bezoekers in, ging zij door de hoofdingang de San Marco binnen. Onder de bruingouden gewelven heerste tijdelijke stilte. Eeuwige lampen in kelken van rood glas, aan lange kettingen, blonken voor de altaren. Zij zag een vrouw die kruipend de voeten van een gekruisigde Christus kwam aanraken, de natuurgetrouw geboetseerde en beschilderde wonden en bloedkorsten streelde. Dat gebaar ontroerde haar. Pijnlijk besefte zij haar onvermogen om die andere te benaderen, laat staan te troosten of te helpen (zij dacht ook aan hém, uitgestrekt op hun bed in de hotelkamer). De vrouw rees op uit haar knielende houding en gooide geldstukken in de gleuf van een offerblok.

Zij ging weer naar buiten en liep langs de kerk naar het Dogenpaleis om de beeldengroepen aan de gevel te bekijken, Adam en Eva op de hoek bij de Piazzetta, ieder naar een andere windstreek gericht (geen communicatie, dacht zij verdrietig), en de dronken Noach en zijn zoons aan de kant van de Riva degli Schiavoni (onder stenen wijnranken wankelt de oude man wég van die twee verstoord blikkende en gebarende jongelingen). Terwijl zij daar stond, zag zij op de treden van de brug de twee meisjes in spijkerbroeken – of waren het jongens? – zitten, met de ruggen tegen elkaar geleund, de gezichten opgeheven naar de zon.

Iemand tikte haar op haar arm. Zij keek opzij en herkende de man met de misvormde rechterhand, die zij – óók al eerder op die middag – duiven had zien voeren. Hij nam zijn hoed af en hield die tegen zijn borst gedrukt. 'Signora?'

Zij bedwong de neiging door te lopen. Het was een oude man, met halflang grijzend haar en treurige ogen. Nog onder de indruk van die vrouw in de San Marco bleef zij luisteren. Hij wilde niets vragen, hij bood áán. In gebroken Engels zei hij, wijzend naar het café aan de Piazzetta, dat hij mevrouw en meneer dáár had zien zitten. Dadelijk had hij begrepen dat zij geen gewone toeristen waren, geen schapen in een kudde. Zij wilden het echte Venetië leren kennen, no? Hij had iets bijzonders voor hen...

'Mijn man is niet hier,' zei zij, weer op haar hoede, maar tegelijkertijd beschaamd om die angstvalligheid. Hij verzekerde haar dat hij dit al wist, hij had haar alleen over het plein zien lopen. Mevrouw had verstand van kunst, no? Wat een geluk dat hij haar juist tegenkwam! In de avond kon hij voor haar man en haar de bezichtiging van een oud Venetiaans huis arrangeren, in een klein gezelschap, om zo te zeggen privé, als persoonlijke gasten van de bewoner, tegen geringe vergoeding. Zij wendde haar hoofd af en keek in de richting van het plein om duidelijk te maken dat zij eigenlijk weg moest. Zij had wel medelijden met de oude man, maar voelde ook onbehagen. Zij veronderstelde dat hij zelf de eigenaar van het huis was, en dat hij op deze manier bijverdienste zocht. Hij maakte een bescheiden, waardige indruk. Zijn donkere ogen kon zij niet peilen. Zij was in de ban van zijn woordenstroom, en dat vond zij niet prettig.

'Waar is het?' vroeg zij. Hij ging daar niet op in. Met een zweem van vermoeid afstand nemen in zijn blik wees hij op de voornaamheid van het huis in kwestie, op de noodzaak van discrete regeling, in verband met de machtige toeristenorganisaties. Mevrouw en meneer moesten een uitnodiging als deze als een zeldzame buitenkans beschouwen...

Zij gaf zich gewonnen, om van hem af te zijn. Wij hoeven tenslotte niet te gáán, dacht zij, ervan overtuigd dat híj niet voor die excursie zou voelen. 'Wat kost het?' Onmiddellijk begreep zij dat dit een verkeerde vraag was geweest.

'Meneer en mevrouw worden om half negen afgehaald. U betaalt de gondelier,' zei hij koel. Hij haalde een notitieboekje uit zijn binnenzak. 'Welk hotel?'

Zij durfde hem niet meer aan te kijken, bang dat zij op zijn gezicht geringschatting zou lezen voor het eenvoudige adres (in geen enkele reisgids te vinden).

'Albergo della Valigia. "In de Koffer".'

De jonge hulpkelner, die tijdens het eten de karaf met water en de broodmand had gebracht, en de gebruikte borden had weggenomen, kwam zeggen dat er een gondel lag te wachten.

'Daar heb je het al,' zei híj, ondanks zijn tegenzin lachend om haar schuldbewuste gezicht. 'Het gaat toch door. We moeten wel.'

Zij was dankbaar voor die lach en zijn goede stemming. 'Misschien valt het mee. Op eigen gelegenheid komen wij niet in zo'n paleis. Zelfs niet bij de markiezin.'

Het was de eerste keer dat zij zich zo lieten vervoeren. Sneller dan zij gedacht hadden gleed de gondel door smalle kanalen, die soms zo nauw waren, dat zíj aan de ene, híj aan de andere kant met hun vingertoppen de muren van de huizen konden aanraken wanneer zij een arm uitstaken. In wat niet meer dan een spleet tussen hoge gebouwen scheen te zijn, legde de gondelier aan bij gedeeltelijk afgebrokkelde treden. Een deur stond halfopen. Daarbinnen wachtte iemand. Het was de man die haar 's middags had aangesproken. Door een lange gang en een binnenhof ging hij hen voor naar een door kaarsen verlichte ruimte. Er waren nog andere bezoekers, drie jonge Amerikaanse vrouwen, chic gekleed voor het souper in Danieli of Bauer-Grünwald, en een ouder Duitssprekend echtpaar. Het kleine gezelschap stond een paar minuten wat bevreemd te kijken in die kamer met luiken voor de ramen (buiten was het warm, het schemerde nog maar nauwelijks). Zíj legde even haar hand tegen het behang van versleten verbleekt damast. Het enige meubelstuk was een Louis xv-tafel met vergulde poten. Daarop stond een kistje met een gleuf erin.

De man met de misvormde hand ging achter de tafel staan. Hij begon een duidelijk uit het hoofd geleerde tekst in het Engels op te zeggen. 'Good evening and welcome, ladies and gentlemen. In Engeland is het heel gewoon dat graven en hertogen in verband met hoge onderhoudskosten hun kastelen openstellen voor betalende bezoekers, zelfs persoonlijk de rondleiding verzorgen. Voor Italianen is zoiets ondenkbaar. Maar in Venetië moet men, in letterlijke zin, het hoofd boven water houden...'

Hij stootte zijn vrouw zachtjes aan. Háár was het gaan dagen toen zij het kistje op tafel had gezien. De man met de handstomp scheen veranderd. Het discreet-overredende waarvoor zij 's middags op het plein gezwicht was, had plaatsgemaakt voor een zakelijk, zelfverzekerd optreden. Binnen deze muren was hij volkomen op zijn gemak. De bezoekers bevonden zich in een voor hen onbekende omgeving, in een gesloten ruimte, bij kaarslicht, dat die vreemdheid nog accentueerde. Elk woord dat hij sprak versterkte de indruk dat het een voorrecht, sterker, een ereplicht was bij te dragen tot de instandhouding van bedreigde Venetiaanse grandeur. Hij wees erop dat de elektriciteit was uitgevallen: óók als gevolg van verzakkingen en door water aangetaste leidingen. Niettemin kon de bezichtiging doorgaan, en de bewoners zouden het als een genoegen beschouwen de dames en heren zo aanstonds te ontvangen. Maar eerst gingen zij nu het oudste gedeelte van het palazzo bekijken...

Hij opende een deur in het behangsel, die nog niemand had opgemerkt, en verzocht hun allen een kaars mee te nemen. Zij moesten de vlam met de hand beschutten tegen de tochtstroom.

Zij stonden op wat een smalle brug leek, twee planken naast elkaar, als houvast aan één kant de vochtige muur, aan de andere kant een stang. Die brug of loopplank vormde een vierkant langs de wanden van een gewelf van baksteen. De begeleider had een lantaarn aangestoken, die hij eerst omhooghield met gestrekte arm, opdat zij een indruk konden krijgen van de afmetingen van de ruimte, en vervolgens aan een touw over de stang liet zakken om te tonen wáár beneden hen de bodem was. Intussen vertelde hij hoe lang geleden dergelijke versterkte gewelven bedoeld waren geweest als schuilplaatsen en bunkers. Hij knoopte er een aantal anekdotes aan vast over Levantijnse zeerovers. Langs een laddertje daalde hij af in het dieper gelegen gedeelte. Zij hoefden hem niet te volgen, zij zouden maar natte voeten krijgen. Hij hield de lantaarn laag, zodat zij de ondergelopen gedeelten konden zien. Ook wees hij naar stutten die schuin tegen een van de muren waren geplaatst. Plotseling was hij verdwenen. Zij stonden bij het flakkerende licht van hun kaarsen in de kille, donkere ruimte, te verrast en onthutst om iets te zeggen of te doen. Zíj registreerde die verstarring, als een tafereel in een droom. De hele excursie had voor haar gevoel iets van een nachtmerrie. Zij greep hém bij zijn arm, maar op hetzelfde ogenblik viel beneden over de bodem een langwerpige, gestreepte lichtvlek. Zij zagen de begeleider opduiken achter een getralied venster. Lachend complimenteerde hij hen met hun koelbloedigheid. Heel wat bezoekers begonnen dadelijk om hulp te roepen! Hij bevond zich nu, zei hij, in wat vroeger, eeuwen geleden, een kerker was geweest. De geschiedenis van een oud huis had ook zwarte bladzijden. Een voorbeeld: een jonge gondelier, die het gewaagd had de dochter van zijn heer te verleiden...

Hoewel niet onder de indruk van die legendarische gruwelen kon zíj toch een gevoel van beklemming niet van zich af zetten. Zij waren weer terug in de kamer met het vale damasten behang. Hun begeleider draalde, om iedereen in de gelegenheid te stellen een gift in de doos te laten glijden. Zij hadden beneden in het gewelf, en ook op weg daarheen, via gebarricadeerde deuropeningen, genoeg steunbalken en krammen en onheilspellende scheuren gezien om te beseffen op welke hoge lasten de bewoner van dit huis (en hij niet alleen) leefde. Zij konden het mogelijk maken dat nóg een generatie van vreemdelingen van de pracht van de lagunestad zou kunnen genieten... Het oudere echtpaar (Zwitsers, dacht zíj) schoof als eerste een bankbiljet door de gleuf waarop een hoog cijfer duidelijk zichtbaar was. De Amerikaansen hadden hun handtassen geopend; zij bleven niet achter in gulheid. Híj verdubbelde na een korte aarzeling het bedrag dat hij al klaar hield. Terwijl hij naar de tafel liep, wendde zij zich tot de gids, die bij de deur stond. 'Het is natuurlijk niet waar, dat verhaal van u?' Hij keek haar koel aan. 'Denkt u van niet? O, het is wáár, signora, het is waar.'

De begeleider ging hen nu voor naar, zoals hij zei, het bewóónde gedeelte van het paleis. De met kaarsen verlichte vestibule, vanwaar een brede trap in een spiraal wegdraaide naar hoger gelegen verdiepingen, kwam haar zó bekend voor, dat zij bleef stilstaan. 'Hier zijn wij al eens geweest!' zei zij hardop. Hij keek om zich heen. 'Welnee! Wanneer dan?'

Omdat hij, die altijd alles het eerst opmerkte, nu zo onmiddellijk en volstrekt onbevangen ontkennend reageerde, begon zij te twijfelen. Zij schreef haar indruk toe aan het onwerkelijke van dit bezoek. Achter de anderen gingen zij de trap op. Borstbeelden van marmer staarden met lege ogen vanaf hun sokkels. Ook die had zij eerder gezien, vanuit de verte. Een gedachte kwam bij haar op. Zij wendde zich weer naar hém, om hem deelgenoot te maken van wat zij ontdekt meende te hebben, maar hij zei ongeduldig 'kom nou!' terwijl hij haar bij haar elleboog meevoerde. Zij waren de laatsten van de groep. De begeleider hield een deur open. De kleine salon waar geslepen spiegels het kaarslicht weerkaatsten, omsloot als een schrijn de jonge gastheer, die hen stond op te wachten. Een aartsengel van Botticelli of van Leonardo da Vinci in een correct donkerblauw kostuum. Hij had een zo overweldigende présence, dat de bezoekers voor de tweede maal die avond als met stomheid geslagen waren. Hij veroorzaakte een effect van vervreemding, in die zin dat ieder als het ware apart, alléén, oog in oog stond met hem. Hij boog even, meer niet, onmiskenbaar bedacht op afstand bewaren. Tegen de achtergrond van vergane en ten onder gaande glorie, waarvan de groep zojuist een glimp had opgevangen, voerde hij zichzelf op als de kwintessens van voornaamheid. Zíj had de indruk dat niemand precies verstond wat hij zei toen hij zich voorstelde en hen begroette. Zij stonden in een halve cirkel om hem heen.

Plotseling vond zij die jongeman met zijn zeldzame charme griezelig als een mooi, giftig insect of een vleesetende plant. Zij wist niet waarom. Zij keek even van opzij naar haar man. De gedachte dat zij verantwoordelijk was voor deze zonderlinge avond bezwaarde haar. Maar wat zij zag bracht haar nog meer in verwarring. Hij stond drie, vier stappen van haar vandaan, zijn gezicht naar de gastheer gewend. Die uitdrukking in zijn ogen kende zij niet. Er trok een wee gevoel door haar heen, te vergelijken met hoogtevrees. Het zweet brak haar uit. Sterker dan eerst leek het haar alsof zij gevangen was in een droom. De vlammen van de kaarsen trilden in de luchtstroom die door de opengebleven deur vanuit het trappenhuis doordrong in de oververhitte kamer. De drie Amerikaansen waren verstard in een houding van opgetogen verwachting (zij twijfelden geen ogenblik aan het bestaan van reeksen vertrekken vol bezienswaardig antiek achter deze bleek-glanzende salon). De man van het oudere echtpaar sprak nu tegen de gastheer, die hoffelijk naar hen toe gebogen stond (maar zijn blik had over hun hoofden heen die van hém ontmoet, en zíj moest dat aanzien zonder een vin te kunnen verroeren). Wij worden opgelicht, dacht zij, er is iets niet in orde. Zij was er zeker van dat het elektrische licht zou gaan branden als zij de knop maar zou kunnen vinden.

Een pendule sloeg half tien. Er viel een deur in het slot. Gastheer en cicerone wisselden een blik. Langzaam, schuifelend, kwam een in het zwart geklede dame, met een kanten doek over het haar, de kamer in, leunend op de arm van een man, die zíj onmiddellijk herkende. Ditmaal wist zij zeker dat zij zich niet vergiste. Zij deed een stap naar hém toe. 'Zie je nu waar wij zijn?' begon zij opgewonden. Maar hij luisterde niet. Hij had niet eens op de binnenkomenden gelet.

Víél de veelarmige kandelaar van de console, of werd hij omgestoten?

Pas op de aanlegsteiger – drie gondels lagen al te wachten – klonken er wat zwakke protesten over dit plotselinge einde van het bezoek. De cicerone, die de groep haastig de salon uit en de trappen af gedreven had, verklaarde geen toestemming te hebben hen verder rond te leiden. Sua Excellenza, de markiezin, was overstuur geraakt, dat hadden zij immers allemaal gezien, angst voor brand, een zwak hart... een andere keer, morgen of overmorgen, konden zij terugkomen als zij dat wilden, er zou contact met hen worden opgenomen, hun hoteladressen waren bekend...

Terwijl de gondels achter elkaar weggleden door de smalle kanalen – dezelfde of andere dan eerder op de avond? Het was nu donker, er brandden lantaarns op de bruggen en hier en daar aan een uit het water oprijzende achtergevel – hoorde zíj in de sleuven tussen de huizen de vragende en twijfelende stemmen van de anderen weergalmen. Het zou normaal geweest zijn als nu ook zíj beiden uiting gegeven hadden aan bevreemding of verontwaardiging of zelfspot omdat zij zich hadden laten beetnemen. Het had haar mogelijk moeten zijn haar hart te luchten over die krankzinnige samenloop van omstandigheden: dat zij nu juist dáár, in dát huis, terechtgekomen waren! Maar hij naast haar leek zó ver weg, dat zij geen woord kon uitbrengen. Over deinend inktzwart water waarin gebroken spiegelingen flitsten werden zij haast geruisloos voortgestuwd door een doolhof. Wél hoorde zíj, achter de muren tussen welke zij voortgleden, de vage verwarde geluiden van de stad bij avond. Soms was er even een doorkijk in een steeg, straat, of op een pleintje, door neonkleuren belicht als een toneeldecor. Eigenlijk moesten daar Arlecchino, Pagliaccio en Colombina staan te gebaren in een spel dat een luchtige parodie was van passie en hartzeer. Met de zoele wind waaiden geuren van gebakken vis en vanille uit keukenspelonken. Bij een driesprong verwijderden de gondels zich van elkaar. Alleen het oudere echtpaar keek wuivend om.

Donato droeg het stuk tapijt met de brandvlekken – al talloze malen voor hetzelfde doel, het doven van een vuurtje, gebruikt – naar beneden en sloeg het uit tegen de muur van de binnenplaats. In de kamer die tegenwoordig de 'wachtkamer' heette, hoorde hij de stemmen van Renato en Salvatore.

Op ogenblikken als deze vroeg hij zich af waarom hij nog bestond. Zijn gewone-dagleven, gevuld met bezigheden ter verzorging van donna Patrizia en huishoudelijk werk, had – hoewel het hem steeds zwaarder viel – een zekere harde waardigheid, een laatste rest van stijl. Zijn eergevoel, zijn *virtù*, werd in wezen niet aangetast door armoede, eenzaamheid en verval. Integendeel, het feit dat de familie van donna Patrizia nooit meer iets van zich liet horen, en dat hij in alle opzichten de enige verantwoordelijke was, vervulde hem met bittere trots. In de wijk begreep men de situatie, zonder dat dit afbreuk deed aan de naam van het huis of aan het respect voor háár die men sinds jaren nooit meer anders noemde dan 'de markiezin'.

Maar zodra hij donna Patrizia in deze zomermaanden om vijf uur 's middags naar het buurtcafé had gebracht, begon zijn andere, zijn nachtbestaan, de medeplichtigheid aan de even belachelijke als vernederende manoeuvres die Renato (met behulp van die oplichter en fantast Salvatore) ondernam om aan zakgeld te komen. De weinige goede meubelstukken, vazen en kandelaars die er nog in huis te vinden waren, werden bijeengebracht in de vestibule en in de kleine salon op de eerste verdieping, om de schijn te wekken van een interieur. Alles werd zo voordelig mogelijk uitgestald. Omstreeks negen uur kwamen de gondels (bemand door relaties van Renato, meestal dezelfde jongens) met de bezoekers die Salvatore in de loop van de dag had aangeworven volgens een systeem dat hij had bedacht, waarbij vergissingen (en dus kans op onaangenaamheden) uitgesloten heetten te zijn. Donato verachtte die zakkenroller en zwerver uit het diepst van zijn hart. Hoewel hij allang geen pogingen meer deed Renato leiding te geven, alleen trachtte erger te voorkomen, of – ter wille van het huis en donna Patrizia – de sporen van bepaalde streken en dwaasheden uit te wissen, voelde hij zich gegriefd en verbitterd omdat Renato, die toch slim genoeg was, die oude idioot niet doorzag.

De jongen kwam en ging naar het hem goeddunkte, liet zich soms in weken niet zien. Donato wist wel iets van het soort van handeltjes en scharrelarijen waarbij hij betrokken was. Soms beschikte hij blijkbaar een tijdlang over vrij veel geld, dan weer had hij niets, at en dronk en sliep in het palazzo, totdat hij er voor de zoveelste keer in geslaagd was donna Patrizia een paar van haar kleine eigendommen afhandig te maken, zilveren portretlijsten, oorbellen, een beschilderde waaier, waarvan zijzelf de waarde niet besefte. Zij deed alles wat hij vroeg, was op haar manier opgewonden van plezier zodra hij zich vertoonde. Renato behandelde haar wat voor-de-gek-houderig, of zoals men omspringt met een huisdier dat men kunstjes wil leren. Donato zag, verwonderd om de grillen van het lot, hoe haar verrukte onderwerping en Renato's vlotheid in het opvangen en manipuleren van haar stemmingen precies op elkaar aansloten, als twee kanten van één grondvorm. Donna Patrizia's geestelijke defect en de amoraliteit van de jongen hadden het bizarre, flakkerende, tegelijk vertederende en angstwekkende dat Donato een eigenschap van de stad Venetië toescheen zoals die geworden was in zijn tijd van leven. Hij vreesde, op grond van sommige dingen die hem ter ore gekomen waren, dat Renato te maken had met een internationale groep lieden van vage zeden die regelmatig in Venetië opdook, vooral in de perioden dat er festivals waren: avonturiers van de nieuwe tijd, waanzinnig beschilderde vrouwen, jongelingen, uitgedost als pages uit het quattrocento, oudere heren met gepoederde gezichten in elegante zomerkleding, bleke morbide meisjes met zeemeerminnenhaar. Mensen die in hotels werkten, wisten de meest ongelooflijke verhalen te vertellen over de wijze waarop vraag en aanbod werden geregeld op deze speciale markt. Er scheen ook een bloeiend bedrijf in chantage te zijn.

Tussen Renato en Salvatore was een woordenwisseling ontstaan. Donato rolde het tapijt op en liep dwars over de binnenhof tot onder het open raam van de 'wachtkamer'. Natuurlijk ging het over geld. Renato had een schuld aan Salvatore. De stemmen klonken heftig. Dit gaf voedsel aan de hoop die Donato hardnekkig bleef koesteren, dat er binnen afzienbare tijd een einde zou komen aan de samenwerking tussen die twee, en daarmee ook aan de zogenaamde rondleidingen, voordat tijdens weer zo'n bezoek het gewelf zou instorten, een bedrogen toerist het palazzo zou weten terug te vinden (van een tweede 'uitnodiging' kwam natuurlijk nooit meer iets), of iemand ergens in de stad bij toeval Salvatore zou ontdekken en dan werk van de zaak maken. Nu, op deze avond, kon Donato zelf een bijdrage leveren om het einde dichterbij te brengen. In de groep bezoekers had hij die twee mensen gezien, de familieleden van de verzorgster, die al eerder aan de deur waren geweest. Waarschijnlijk hadden zij, zelfs in het halfdonker, de omgeving herkend. De man was bovendien destijds, toen hij de verzorgster kwam halen, via vestibule en binnenhof naar de aanlegsteiger gelopen. Dit was nu het toeval van één op de zoveel duizend waarmee Salvatore geen rekening gehouden had.

Donato bleef onder het raam staan wachten tot de discussie binnen wat geluwd zou zijn. Alleen al uit voorzichtigheid moesten zij de ontvangsten voorlopig maar stopzetten. Van uitstel zou – hoopte hij – afstel komen.

'E questo biondo, die blonde vent,' hoorde hij Renato zeggen. 'Wat vind je van hém? Is dat niet iets voor...' (de rest was onverstaanbaar, omdat Renato zijn stem wat liet dalen en Salvatore er lachend tussendoor riep: 'O, jongen, dat regelen we toch...!')

Donato dacht: het lachen zal jullie vergaan wanneer jullie horen dat 'die blonde vent' het adres kent.

Op een dag, vier maanden geleden (het leek veel langer, met de vervloekte 'rondleidingen' was een nieuw tijdperk begonnen) was de verzorgster met koorts in bed gebleven. Terwijl hij bij haar was om poolshoogte te nemen, verscheen Renato, weer eens een keer thuis, in de open deur: 'Is de verzorgster ziek? Nu, dan moeten wij haar toch zeker verzorgen!' Inderdaad droeg hij twee-, driemaal per dag het blad met fruit en pap naar boven, haalde de medicijn waar zij om gevraagd had, bracht zelfs bloemen voor haar mee. Donna Patrizia, die wat verloren in het kielzog van Renato door het huis doolde, durfde niet goed naar binnen te gaan in de kamer waar de zieke was. Zij keek schuw om een hoek van de deur naar de vrouw in het bed. Ter wille van donna Patrizia stond de verzorgster dan ook na een paar dagen weer op, zat aangekleed in een stoel, maar nu was het haar voortdurende hoesten dat afschrikwekkend werkte.

Toen Donato na een dag van noodzakelijke besognes in de stad thuiskwam, deelde Renato hem mee dat de verzorgster plotseling was vertrokken. Zij had haar koffers gepakt, hem gevraagd een taxiboot voor haar te bestellen en was weggegaan zonder te zeggen waarheen. Donato begreep volstrekt niet waarom zij dit niet eerst met hem had besproken. Daar hij wel besefte dat de omstandigheden in huis niet bepaald bevorderlijk waren voor haar genezing, veronderstelde hij dat zij ergens heen gegaan was waar zij behoorlijk verpleegd kon worden. Na een dag of twee begon hij het toch buitengewoon vreemd te vinden dat die vrouw, die zoveel jaren huisgenote was geweest, niets meer van zich liet horen. Er hingen nog kleren van haar in de kast op haar kamer, zij moest dus van plan zijn terug te komen. Hij maakte zich ongerust: wat deed zij, had zij misschien contact opgenomen met familieleden van donna Patrizia? Hij had in de laatste tijd herhaaldelijk de indruk gekregen dat zij het toch niet eens was met zijn standpunt om alles te laten zoals het was, zorgen en problemen binnenskamers te houden. Hij hield zijn hart vast bij de gedachte dat zij, uitgaande van haar eigen opvattingen over wat goed was voor donna Patrizia (en Renato), de familie op de hoogte gebracht kon hebben van wat verborgen diende te blijven. Donato wist dat de neven en nichten van wijlen de markies daar precies zo over zouden denken als hij.

Soms had hij de eigenaardige gewaarwording dat de verzorgster helemaal niet weggegaan was, maar zich ergens in huis verborgen hield.

In de loop van die week na haar vertrek viel hem een aantal dingen op (Renato's voortdurende aanwezigheid, donna Patrizia's laatste kuur: het verzoek 'gedragen te worden zoals Renato de verzorgster gedragen had') die hij aanvankelijk niet met elkaar in verband bracht. Maar plotseling was die verschrikkelijke veronderstelling bij hem opgekomen. Hij kreeg zekerheid toen hij merkte dat de sleutels van de kelder en van de toegangen tot het gewelf niet waren waar zij behoorden te zijn.

Renato gaf onmiddellijk, zonder de geringste verlegenheid, toe dat hij de verzorgster in de 'kooi' had opgesloten – o, niet zonder *verzorging*! Zij had een bed en eten en drinken, hij bracht haar dagelijks wat zij nodig had, hij stak soms ook het licht aan, maar wat hem betreft was het nu genoeg geweest, la santa, de heilige, zou nu wel van haar voetstuk neergedaald zijn, hij en zij waren quitte.

De vrouw, die daarna nog enkele dagen in haar eigen kamer in bed lag, tot de kin onder het laken, het gezicht naar de muur gekeerd, voedsel weigerend, was een andere dan die Donato zo lang gekend had. Zij sprak tegen niemand, ook niet tegen donna Patrizia. Ten einde raad stuurde Donato een telegram naar het enige adres dat hem bekend was, dat van de neef over wie de verzorgster hem vroeger wel eens iets had verteld. Hij wist dat hij risico nam door te ondertekenen met de familienaam van de markies, maar hij meende dat alleen dit zoveel indruk zou maken, dat prompte maatregelen konden worden verwacht. Zij werd dan ook gehaald, het ging makkelijker dan hij gedacht had.

Zich opgelucht voelen kon hij niet. Medelijden, schaamte en afschuw hielden hem 's nachts uit de slaap, kwelden hem overdag. Renato liet zich een tijdlang niet zien. Hierdoor bleef Donato de noodzaak bespaard iets te zeggen of te doen (hij zou niet geweten hebben wat of hoe, hij vreesde dat hij buiten zichzelf geraakt zou zijn) toen hij in de 'kooi' de langwerpige koffer ontdekte die de verzorgster altijd bij zich in haar kamer had gehouden. Het leer was aan één kant stukgesneden; beschreven vellen papier (er ruw uitgetrokken en er later in haast weer in gepropt) puilden uit de scheur naar buiten.

'Zij komen zeker terug, die man en zijn vrouw,' herhaalde hij nu tegen Renato en Salvatore. 'Misschien om die koffer te halen' (het was de eerste maal dat hij dit onderwerp aanroerde). 'Wat heb je gestolen, geld, sieraden?'

Renato tikte tegen zijn voorhoofd. 'Zij had niets, dat wijf. Alleen woorden. Wóórden.'

In hun hotelkamer – door de vertrouwde gebruiksvoorwerpen en kledingstukken na twee dagen en nachten toch weer een vorm van 'thuis' – zag zíj eindelijk kans het zwijgen te verbreken: 'Dat was het huis van de markiezin.'

'Onzin,' zei hij verstrooid. 'Het leek er niet op.'

'Maar heb je die man dan niet gezien? De huisknecht, die gisteren de deur voor ons heeft opengedaan? Ik herkende hem dadelijk.'

Hij zuchtte. 'Ik begrijp niet hoe je erbij komt.'

Die vermoeide geprikkelde toon bracht haar nog meer in verwarring. 'Maar die vestibule dan, die beelden?'

Hij haalde alleen maar zijn schouders op. Met de rug naar haar toe trok hij zijn kleren uit.

'We zijn alwéér weggewerkt, dat is daar in huis blijkbaar de gewoonte, je had gelijk vanmorgen!' praatte zij door, zenuwachtig lachend. 'En dat voor tienduizend lire! Was dat de markiezin, die hysterische mevrouw in het zwart? En die beeldschone jongeman, zou dat degene zijn die ons toen dat telegram heeft gestuurd? Waarom zeg je niets?'

'Je fantaseert,' zei hij.

'Maar vond jij het dan niet vreemd allemaal? Die onwaarschijnlijke verhalen in die kelder en dat brandje van niets? Waarom moesten wij onmiddellijk weg?'

Hij ging in bed liggen. 'Maak er toch niet zo'n drukte over. Zo belangrijk is het niet.'

'Nee, jij hebt niets gemerkt. Jij had alleen maar oog voor hém.' Het was haar mond uit eer zij het besefte. 'O god, het spijt me,' zei zij in één adem.

'Welterusten.'

'Wat heb je toch?'

'Niets. Ik wil slapen.'

Werktuiglijk kleedde zij zich verder uit, poetste haar tanden. Zij keek naar hem in de spiegel boven de wastafel. Hij lag onbeweeglijk, met één arm over zijn hoofd, om zijn ogen te beschutten tegen het licht. Zij strekte zich uit op haar plaats in bed en trok aan het koord van de lamp.

'Toe, zeg iets tegen me. Ik weet dat je wakker bent.'

In het donker wachtte zij op een reactie, maar hij antwoordde niet. Zij legde haar hand op de zijne. Hij schudde die af door zich op zijn zij te wentelen. 'Laat me met rust.'

Zij werd koud van angst. Nog nooit zo lang zij elkaar kenden had hij op die toon tegen haar gesproken. Zij kon niet geloven dat hij het meende. Aarzelend tastte zij opnieuw naar hem.

'Niet doen!' zei hij heftig. 'Ga weg!'

Zij bleef doodstil liggen, haar blik gericht op de lichte rechthoek van het open raam. Beneden, in het spoelhok van het hotel dat aan het kanaal grensde, klonk nog geluid van stemmen en gerammel met vaatwerk. Verder weg, op de brug, zong iemand een smeltend lied. Zij verstond alleen het lang aangehouden refrein: 'Venezia! Ve-ne-zia!'

'Ik ben gaan zwemmen. Ik heb er behoefte aan een paar uur alleen te zijn.'

Blijkbaar was zij in de vroege ochtend toch in slaap gevallen. Zij had hem niet horen opstaan. Het briefje lag op zijn hoofdkussen.

Zij kleedde zich aan en ging naar beneden. In de smalle loggia – het ondoorzichtige flitsende flessengroene water vlakbij – bestelde zij koffie en brood. Zij bleef lang zitten, bladerend in de reisgids, de ene sigaret na de andere rokend omdat zij niet wist wat zij moest gaan doen. Naar de musea, om doeken te bekijken van schilders uit de Venetiaanse School (Gentile Bellini, Carpaccio, Bonifacio dei Pitati) waarover zij een artikel wilde publiceren in verband met het aan een anonymus onder hen toegeschreven fresco, dat een van de grote bezienswaardigheden was in hun woonplaats in Nederland? Zij kon daar op dat ogenblik geen belangstelling voor opbrengen. Haar gedachten bleven cirkelen rondom de gebeurtenissen van de vorige avond. Had zij tóch verkeerd gezien, waren zij in een ánder paleis geweest? Waarom die plotselinge kilte, die vervreemding, tussen hen beiden? Of had zij zijn stemming voor het slapengaan verkeerd geïnterpreteerd? Hadden het clair-obscur, de eigenaardige sfeer van onwerkelijkheid en spel in dat huis, of wie weet een uitwaseming van de oude kanalen, en haar eigen herinnering aan dubbelzinnige blikken en glimlachjes van androgyne engelen op schilderijen van Italiaanse meesters haar parten gespeeld? Zij wilde hém, haar man, geloven: alles was toeval geweest, een oppervlakkige overeenkomst. Warm gevoel welde in haar op, zij stelde zich voor hoe híj zich nu op zijn rug liet drijven in de lauwe kalm rimpelende zee, ontspannen, zijn gezicht met dichte ogen gekeerd naar de zon. Straks zouden zij elkaar weer zien, alles zou in orde zijn. Intussen...

De deur werd geopend door de jonge man met het mooie, fijnbesneden gezicht. Geen twijfel mogelijk, hij was het, de 'gastheer', al droeg hij nu de gestreepte katoenen broek en het hemd met opgerolde mouwen van een gondelier. Haar pas herwonnen gevoel van zekerheid stortte in als een kaartenhuis. Vaag besefte zij dat zij eigenlijk rechtsomkeert zou moeten maken, nooit meer zou moeten terugkomen op deze plek die zij zo zorgvuldig had opgezocht op de plattegrond van de reisgids. Maar het wezen in haar dat onheilspellende tekenen wist te duiden, dat vluchten wilde, bleek machteloos tegenover de ander, die zij óók was, die kordaat op dreiging afging om die te ontmaskeren als verbeelding of bedrog, en die gevaren wilde bevechten, in de mening dat gezond verstand en goede wil altijd en overal zegevieren.

Zij stapte over de drempel. Zo stond zij dan weer in de schemerige kale vestibule, met een doorkijk via open deuren naar lege ruimten, uitgestrekte stoffige tegelvloeren. In de verte: de trap, die weids, barok, in een spiraal wegdraaide naar een onzichtbare galerij. Geen meubels, geen schilderijen. Maar op de vloer zag zij vlekken kaarsvet. Zij merkte dat hij, die daar zo zwijgend, met één hand op de heup, tegenover haar stond (de deur had hij weer dichtgedaan) de richting van haar blik had gevolgd. Hij wachtte.

Zij probeerde het met Frans, zij probeerde het met Engels, zij stamelde met behulp van het dozijn Italiaanse woorden dat zij kende, zij wéés, zij gebaarde. Evengoed had zij zich kunnen wenden tot de beelden in de nissen langs de trap, met hun blinde oogschelpen. Naarmate haar weerzin en heimelijke angst groeiden, nam ook haar hardnekkige wil toe om die brutale kalme houding, die onverschilligheid, gekleurd door geringschatting voor de vreemdelinge, de vrouw, te doorbreken. Hij speelde magnifiek het niet-begrijpen, het nergens-van-weten, haalde zijn schouders op, schudde zijn hoofd, maar in zijn ogen meende zij te lezen dat deze schermutseling hem amuseerde. Zij was vastbesloten niet onverrichter zake te vertrekken.

'The citybag, please,' zei zij tenslotte. 'La malle. La valise.'

'Ah! La valigia!' Het was het eerste woord dat hij sprak. 'Ma si. *Si.* Venga qui, la prego.' Met een handgebaar beduidde hij haar mee te gaan, hem te volgen.

Zij kon een glimlach niet onderdrukken. Het was haar gelukt. Híj had niet willen geloven dat men bij de markiezin thuis iets over de koffer zou weten, of zelfs maar dat er ooit werkelijk zo'n koffer had bestaan. Nu zou zíj hem verrassen met haar vondst. De confrontatie met de 'gastheer' – wie of wat hij dan ook mocht wezen – was niet tevergeefs geweest. Zij liep achter hem aan door de vestibule en de lege kamers met hun verschoten, versleten behang, waarop donkerder vierkanten en ovalen herinnerden aan verdwenen schilderijen. Hij opende een tuindeur; om een rij boompjes in potten heen staken zij een sombere binnenplaats over, waar lakens aan een lijn te drogen hingen. Zij wist dat zij hier de vorige avond óók geweest moest zijn, maar bij dag zag alles er volslagen anders uit. Wenkend ging hij haar voor door een poortje in de muur van wat een soort vanachterhuis scheen te zijn.

Zij was nu in een gewelfde gang met witgekalkte muren. Manden en kisten stonden daar opgestapeld. Om verder te kunnen lopen, moesten zij een wenteltrapje af. De gang werd daar zó laag, dat zij met haar hand het plafond kon aanraken. Aan het einde van de koker zag zij een deur. Hij haalde een sleutel uit zijn zak en stak die in het slot.

'Ecco, signora.'

Langs hem heen stapte zij een helder verlicht kamertje binnen. Ook hier waren muren, vloer en zoldering met een dikke laag witkalk bestreken. Een elektrische lamp hing aan een soort snoer in het midden van het vertrek. Tegen één wand stonden oude meubels, gedeeltelijk met een kleed bedekt. In de andere muur was een raam, met een luik ervoor.

Hij schoof het kleed weg en sjorde een koffer tevoorschijn. 'Ecco,' zei hij weer. Papieren vielen op de grond. Zij zag dat één zijde van de ouderwetse citybag was opengesneden, zodat het leer een flap vormde. Werktuiglijk stak zij haar handen uit, maar hij beduidde haar te wachten, trok met zijn voet een tuintafeltje (grijs van stof en spinrag) naar zich toe en zette daar de koffer op. Zij wist niet wat zij ermee moest beginnen. Het papier rook muf en voelde klam aan. Veel vellen waren in stukken gescheurd, andere tot proppen verfrommeld, alsof iemand er zijn woede op had willen koelen. Op de bladen die zij in de hand nam kon zij flarden van zinnen ontcijferen. *Wat kon ik doen? Ik ben begonnen met kinderen op straat te waarschuwen...* las zij halfluid.

Hij had intussen een oud, krakend veldbed uitgeschoven (een stoel was er niet) en wees haar dat zij daarop kon gaan zitten om de papieren te bekijken. Zij geloofde al niet meer dat het zin had die gedeeltelijk vergeelde, verscheurde vellen mee te nemen. Híj zou ze toch niet willen lezen, zich erdoor bezwaard voelen. Om haar belofte aan de dode na te komen wilde zij proberen te begrijpen waar het over ging. Zij zou eerst de bladen die nog heel waren op volgorde moeten leggen. Toch nog besluiteloos schoof zij de papieren heen en weer naast zich op het veldbed, die bezigheid stond haar tegen, zij wilde eigenlijk liever weg.

De jonge man was bij de deur blijven staan. Hij glimlachte tegen haar, toen zij zich half naar hem omdraaide. 'Albergo della Valigia,' zei hij zacht, zangerig, met een gebaar naar háár, het veldbed, de tafel, de koffer. Zij moest ook lachen om die toespeling. Hoe had zij hem griezelig kunnen vinden? Die neef of huisgenoot van de markiezin was een jóngen, hij bedoelde het niet kwaad; wat zij voor brutaliteit en uitdagende hooghartigheid had gehouden, was vermoedelijk alleen de natuurlijke allure van de Venetiaan; bij hém viel alles extra op omdat hij er zo knap uitzag. Zij zou wat in die papieren bladeren en hem dan vragen alles te vernietigen of dat te laten doen. Zij keek weer om, maar hij stond er niet meer. Hij had de deur zo zacht dichtgedaan, dat zij er niets van had gemerkt. Zij begreep wel dat hij niet als een lakei kon blijven wachten tot zij klaar was, of het indiscreet vond erbij te zijn terwijl zij de inhoud van de koffer onderzocht. Zij tuurde op die dicht beschreven bladzijden, er steeds méér van overtuigd dat híj gelijk had: de oude vrouw was bij vlagen gestoord geweest, had dingen gezien die er niet waren, aan waandenkbeelden geleden. Had zij zelf die koffer zo toegetakeld, haar manuscript verminkt? Het was ondenkbaar dat in dit huis anderen zoiets gedaan zouden hebben. Niemand kon het immers lezen!

Het was tegelijkertijd kil en benauwd in het kamertje. Het was er ook zo stil dat achter de muur met het raam niet de straat kon zijn, of het kanaal. Plotseling schoot haar te binnen dat zij een trap had moeten afdalen om hier te komen. Zij stond op, wrikte en rukte aan het vensterluik tot het haar lukte het opzij te schuiven. Het raam was getralied.

Zij keek in een schemerig gewelf (daglicht viel binnen door streepsmalle openingen). Zij herkende die plek aan de loopplank, die vanuit het punt waar zij nu stond een paar meter hoger langs drie zijden van de muur te zien was. Aan de linkerkant waren stutten en balken. De vochtige strepen op de muur en de grote plassen op de bodem van het gewelf blonken in het licht dat uit haar verblijfplaats naar buiten scheen.

Dit kan niet echt zijn, dacht zij, dit is een verhaal, door een ander verzonnen, een droom, dadelijk word ik wakker in de werkelijkheid.

Zij liep naar de deur, maar die was op slot.

Het oeuvre van Hella S. Haasse

Constantijn Huygensprijs 1981
P.C. Hooftprijs 1984
Annie Romeinprijs 1995
Prijs der Nederlandse Letteren 2004

Oeroeg (roman, 1948)
Het woud der verwachting (roman, 1949)
De verborgen bron (roman, 1950)
De scharlaken stad (roman, 1952)
De ingewijden (roman, 1957) Internationale Atlantische Prijs
Cider voor arme mensen (roman, 1960)
De meermin (roman, 1962)
Een nieuwer testament (roman, 1966)
De tuinen van Bomarzo (essay, 1968)
Huurders en onderhuurders (roman, 1971)
De Meester van de Neerdaling (roman, 1973)
Een gevaarlijke verhouding of Daal-en-Bergse brieven (roman, 1976)
Mevrouw Bentinck. Onverenigbaarheid van karakter &
De groten der aarde (geschiedverhaal, 1978, 1996)
Samen met Arie-Jan Gelderblom *Het licht der schitterige
dagen. Het leven van P.C. Hooft* (1981)
De wegen der verbeelding (roman, 1983)
Berichten van het Blauwe Huis (roman, 1986)
Schaduwbeeld of Het geheim van Appeltern. Kroniek van een leven
(biografische roman, 1989)
Heren van de thee (roman, 1992) CPNB Publieksprijs voor
het Nederlandse boek 1993
Transit (novelle, 1994)
*Uitgesproken, opgeschreven. Essays over achttiende-eeuwse vrouwen,
een bosgezicht, verlichte geesten, vorstenlot, satire, de pers en
Vestdijks avondrood* (1996)
Zwanen schieten (autobiofictie, 1997)
Lezen achter de letters (essays, 2000)
Fenrir (roman, 2000)

Sleuteloog (roman, 2002) NS Publieksprijs 2003,
Dirk Martensprijs 2003
Het dieptelood van de herinnering (autobiografische
teksten, 1954/1993, 2003)
Oeroeg – een begin (facsimile-editie ter gelegenheid van
de Prijs der Nederlandse Letteren, 2004)
Het tuinhuis (verhalen, 2006)

Over Hella S. Haasse

Lisa Kuitert & Mirjam Rotenstreich (red.), *Een doolhof van relaties*
(Oerboek, 2002)

*Retour Grenoble. Anthony Mertens in gesprek met Hella S.
Haasse* (2003)

Arnold Heumakers e.a. (red.), *Een nieuwer firmament. Hella S.
Haasse in tekst en context* (essays, 2006)

Op de site www.hellahaasse.nl is te vinden welke titels reeds als
luxe-editie zijn verschenen in het Verzameld werk.

Rainbow

- 825 Badmeester, ben ik al bruin? **Arthur Japin e.a.**
- 868 Daar ging m'n string **Jennifer L. Leo (red.)**
- 826 Grenzeloos leedvermaak
- 795 De Koran
- 881 Legendarische bijbelverhalen
- 871 Meer grenzeloos leedvermaak
- 717 Nooit meer Frankrijk **Harmen van Straaten e.a.**
- 748 Trouw Schrijfboek
- 780 Was ik maar nooit de deur uit gegaan!
- 696 **Isabel Allende** Eva Luna
- 724 **Isabel Allende** Het goud van Tomás Vargas
- 638 **Isabel Allende** Liefde en schaduw
- 749 **Isabel Allende** Het oneindige plan
- 773 **Isabel Allende** Paula
- 882 **Robert Anker** Hajar en Daan
- 862 **Jean-Paul Arends** Scribbly voor beginners
- 810 **Armando** De straat en het struikgewas
- 710 **Marcus Aurelius** Leven in het heden
- 888 **Jane Austen** Emma
- 864 **Jane Austen** De liefdes van Catherine Morland
- 847 **Jane Austen** Overtuiging
- 814 **Jane Austen** Trots en vooroordeel
- 874 **Jane Austen** Verstand en gevoel
- 866 **Lean Baas en Janna Overbeek Bloem** Bakvissen met ballen
- 870 **Rudolf Bakker** Het treintje van de weemoed
- 819 **Gregory Bergman** Filosofie voor in bed, op het toilet of in bad
- 892 **Bernlef** Verbroken zwijgen
- 833 **Marion Bloem** De V van Venus
- 479 **Jean Shinoda Bolen** Goden in elke man
- 478 **Jean Shinoda Bolen** Godinnen in elke vrouw
- 841 **Alex Boogers** Het waanzinnige van sneeuw
- 658 **Khalid Boudou** Het schnitzelparadijs
- 875 **Anne Brontë** Agnes Grey
- 846 **Anne Brontë** De huurster van Wildfell Hall
- 845 **Charlotte Brontë** Jane Eyre
- 865 **Charlotte Brontë** Shirley
- 889 **Charlotte Brontë** Villette
- 863 **Emily Brontë** Woeste hoogten
- 887 **David Brun-Lambert** Nina Simone
- 884 **Mohammed Choukri** Hongerjaren
- 181 **John Cleese en Robin Skynner** Hoe overleef ik mijn familie
- 787 **Bill Clinton** Mijn leven

805 **J.M. Coetzee** *In het hart van het land*
753 **J.M. Coetzee** *Portret van een jongeman*
530 **Dalai Lama** *De kunst van het geluk*
798 **Dalai Lama** *De kunst van het geluk op het werk*
671 **Dalai Lama** *Open je hart*
837 **Achmat Dangor** *Kafka's vloek*
829 **Peter Delpeut** *De grote bocht*
830 **Emma Donoghue** *Lichtekooi*
701 **F.M. Dostojewski** *De idioot*
324 **F.M. Dostojewski** *Misdaad en straf*
704 **Douwe Draaisma** *Waarom het leven sneller gaat als je ouder wordt*
700 **Ute Ehrhardt** *Brave meisjes komen in de hemel, brutale overal*
755 **Ute Ehrhardt** *Elke dag een beetje brutaler*
803 **Ute Ehrhardt** *Vrouwen zijn gewoon beter*
886 **Stephan Enter** *Lichtjaren*
824 **Philip Freriks** *Gare du Nord*
838 **Iki Freud** *Electra*
820 **Garfield & Blishen** *De god die in zee werd gegooid*
706 **Jacques Le Goff** *De cultuur van middeleeuws Europa*
811 **N.W. Gogol** *De lotgevallen van Tsjitsjikov of Dode zielen*
246 **I.A. Gontsjarow** *Oblomow*
743 **David Grossman** *De stem van Tamar*
634 **David Grossman** *Het zigzagkind*
891 **Hella S. Haasse** *De Meester van de Neerdaling*
880 **Yusef el Halal** *Man zoekt vrouw om hem gelukkig te maken*
827 **Kathryn Harrison** *De weg naar Santiago de Compostela*
877 **A.F.Th. van der Heijden** *De Movo Tapes*
828 **Robert Hughes** *Barcelona de grote verleidster*
832 **Ilja Ilf & Jevgeni Petrov** *Het gouden kalf*
831 **Ilja Ilf & Jevgeni Petrov** *De twaalf stoelen*
840 **Otto de Kat** *De inscheper*
823 **Jos Kessels** *Geluk en wijsheid voor beginners*
860 **Hanco Kolk & Peter de Wit** *S1ngle*
869 **Bert Kruismans & Peter Perceval** *België voor beginnelingen*
713 **Nico ter Linden** *Kostgangers*
771 **Nico ter Linden** *Meer kostgangers*
808 **Nico ter Linden** *De mooiste bijbelverhalen*
834 **Mark Magill** *Waarom lacht de Boeddha?*
775 **Sándor Márai** *De erfenis van Eszter*
876 **Ian McEwan** *Boetekleed*
737 **Ian McEwan** *De brief in Berlijn / Zwarte honden*
462 **Ian McEwan** *Ziek van liefde*
835 **Mariët Meester** *De eerste zonde*
885 **Alice Miller** *Het drama van het begaafde kind*

730	**Ronald Naar**	Leven en dood op de Mount Everest
873	**Ronald Naar**	Op zoek naar evenwicht
782	**Ronald Naar**	De plaag van de ijswind
852	**Péter Nádas**	Het boek der herinneringen I
853	**Péter Nádas**	Het boek der herinneringen II
794	**Greta Nagel**	De Tao van het ouderschap
800	**Huub Oosterhuis**	Godweet komt het goed
428	**Willem Jan Otten**	Ons mankeert niets
856	**Willem Jan Otten**	Specht en zoon
879	**Jos Palm**	De vergeten geschiedenis van Nederland
809	**Orhan Pamuk**	Het zwarte boek
858	**Eefje Pleij**	Juf met staarten op een zwarte school
857	**Chaim Potok**	Davita's harp
712	**Chaim Potok**	Mijn naam is Asjer Lev
763	**Chaim Potok**	Uitverkoren
849	**Saskia Profijt**	Braaf meisje
859	**Mark Retera**	Dirkjan
818	**Jean Rhys**	De wijde Sargasso Zee
872	**Frank van Rijn**	De twee scherven
842	**Bruce Robinson**	De merkwaardige herinneringen van Thomas Penman
727	**Hillary Rodham Clinton**	Mijn verhaal
890	**Thomas Rosenboom**	Publieke werken
615	**Heleen van Royen**	De gelukkige huisvrouw
793	**Bernhard Schlink**	Een web van leugens
817	**Claudia Schreiber**	Emma's geluk
893	**Peter van Straaten**	Hoezo oud?
806	**Peter van Straaten**	Is er iets?
744	**Peter van Straaten**	Slippertjes
843	**Peter van Straaten**	Waarom ligt mijn boek niet naast de kassa?
867	**Peter van Straaten**	Zijn we er al?
878	**Antal Szerb**	Reis bij maanlicht
854	**Wladyslaw Szpilman**	De pianist
758	**Toon Tellegen**	Daar zijn woorden voor
205	**L.N.Tolstoj**	Anna Karenina
839	**L.N.Tolstoj**	Kindertijd/Jeugdjaren/Jongelingschap
894	**Ebru Umar**	Burka en Blahniks
796	**S.Vestdijk**	De dokter en het lichte meisje
812	**Bas Vlugt**	De ijssalon van dokter Harry
855	**Marita van der Vyver**	Vergenoeg
883	**Irvine Welsh**	Porno
861	**Peter de Wit**	Sigmund, relatietherapeut
848	**Henk van Woerden**	Notities van een luchtfietser